古典詩歌研究彙刊

第 二 二 輯

龔鵬程 主編

第 11 冊

雲間李雯及其詩詞研究（中）

管 偉 森 著

國家圖書館出版品預行編目資料

雲間李雯及其詩詞研究（中）／管偉森 著 ―― 初版 ―― 新北市：
花木蘭文化事業有限公司，2017〔民 106〕
目 4+164 面；17×24 公分
（古典詩歌研究彙刊 第二二輯；第 11 冊）
ISBN 978-986-485-252-9（精裝）
1.（清）李雯 2.詩詞 3.詩評 4.詞論
820.91   106013431

ISBN-978-986-485-252-9

9 789864 852529

古典詩歌研究彙刊
第二二輯　第十一冊   ISBN：978-986-485-252-9

雲間李雯及其詩詞研究（中）

作　　者　管偉森
主　　編　龔鵬程
總 編 輯　杜潔祥
副總編輯　楊嘉樂
編　　輯　許郁翎、王筑　美術編輯　陳逸婷
出　　版　花木蘭文化事業有限公司
社　　長　高小娟
聯絡地址　235 新北市中和區中安街七二號十三樓
　　　　　電話：02-2923-1455／傳眞：02-2923-1452
網　　址　http://www.huamulan.tw 信箱 hml810518@gmail.com
印　　刷　普羅文化出版廣告事業
初　　版　2017 年 9 月
全書字數　398753 字
定　　價　第二二輯共 14 冊（精裝）新台幣 22,000 元

雲間李雯及其詩詞研究(中)

管偉森　著

目次

附　錄

　　這裏謹以清順治十四年石維崑刻本的《蓼齋集》詩詞作爲論文的附錄，主要是提供一個前人所尙未整理的，關於李雯詩詞的文本，並給予最低程度的校點，甚至是考訂的工作。進而統合出李雯現存的詩作與詞作，俾使他日能在使用李雯的文獻時，能有更粗略的基礎依據。

　　此外，因爲筆者只選用《四庫禁燬書叢刊》石維崑之刻本作爲論文的核心文本——這雖已很貼近李雯現存詩詞的全部，然而又經《幾社壬申合稿》的詩作部分、《雲間三子新詩合稿》、《幽蘭草》、楊家駱主編《清詞別集百三十四種》、陳乃乾輯錄《清名家詞》，以及程千帆、嚴迪昌等編纂《全清詞》順康卷的《蓼齋詞》進行交叉比對，藉此本文整理出不少《四庫禁燬書叢刊》石維崑刻本所沒有收錄的李雯詩詞之作品，於此也一併加以註解說明。並於《四庫禁燬書叢刊》石維崑刻本之後，另立標題，而隨文附錄。但由於李雯詩詞等文本本不是一個少量的數目。因此在整理上除了有一定的難度，成果上若仍有不能顧及的疏漏，在此也只能伏乞寬宥，並懇請讀者一起詳加檢視。

　　下文則分兩大部分進行校點與載錄。其一爲李雯《蓼齋》詩集校點。主要以清順治十四年石維崑刻本的《蓼齋集》作爲依據，並比對《幾社壬申合稿》的詩作部分與《雲間三子新詩合稿》，進而考訂並補充前者之不足。其二則是李雯《蓼齋》詩餘校點。主要以清順治十

四年石維崑刻本的《蓼齋集》作爲依據。然而其中文本與楊家駱主編
《清詞別集百三十四種》、陳乃乾輯錄《清名家詞》，以及程千帆、嚴
迪昌等編纂《全清詞》順康卷的《蓼齋詞》基本相同，因此本文只舉
出其中略有不同的部分，加以註解，甚至予以考訂。若並無不同的地
方，此下便不贅錄。

李雯《蓼齋》詩集校點

《蓼齋集・卷三・樂府（一）》

1. 擬漢鐃歌

（1）朱鷺

朱鷺。軒以謝。鷺何來邪。江耶〔註1〕。海耶。侯不逝邪。偃毛
而漁。魚不可貪。紫茄之上。積網若山。黃鵠呼天之端。曷不從之。
遊而盤桓。

（2）思悲翁

思悲翁。盼無涯。高堂所居。乃飄黃沙。皤髮而遊何爲邪。虎食
其貓。貉不鳴。物傷其類。乃有此情。翁乎歸來。餐藜。

（3）艾如張

艾而張羅。羅于何所。黃雀之旁。上有伏弩。機觸矢發。傷及腰
膂。黃雀飛上天。喈喈謝少年。吁嗟乎。誰令爾艾我。

（4）上之回

上之回。蕭雍時。左青鸞。右赤虬。神光所盼蜚離之。蜚離之。
登石闕。顧中原。氛靄畢。北無胡。南無越。將乘飛龍超恍惚。陛下
萬歲樂無極。

（5）翁離

擁離趾中可遊盤。黃金爲闕。斑斕。青鳥丹鳧。翺翔其間。上承

〔註1〕原文爲異體字。以下皆是。

甘露朱霞。下隱玉英榮泉。仙人所居竟不還。

（6）戰城南

戰城南。戍磧北。踥蹀鐵驪步局促。我謂爾麗。爾何不行。丈夫
自向沙漠死。安能積骨塡長城。天陰幕幕。北風饗饗。妻子諒不見。
狐狸隨人號。車堅輹。何以梁。何以穀。鬬士不餐卧者獲〔註2〕。願
爲怯夫。怯夫安可爲。願爲勇夫。勇夫良獨悲。枯骨雜爲薪。下國啼
饑兒。

（7）巫山高

巫山高。高以巉。湘水深。深以寒。我欲叫天。浮雲良難。波塡
塡。雲憑憑。女蘿下。風吹清。蛟爲梁。非我情。筠爲堂。螇夜鳴。
遠人望之。何爲心。

（8）上陵

上陵何靠靠。下田廣以臐。美人從西來。珠軒玳瑁車。我馬戀君
軒。我帶戀君裾。徘徊兩車並照燿。雙犀渠歡乎。曾不足懽吾。聞有
四海之奇禽神獸。來遊上林。翕若烟雲。相盤昆侖之木。垂穎何纍纍。
雲爲罕。星爲旗。高馳翔。逞所如。皇帝役。海外仙人皆來朝。不臣
西王母。靈桃投中宵。

（9）將進酒

將進酒。誦鴟夷。發激歌。心吐之。美人爲歡蕩難持。高延羅袖
流長思。明月淡墮煙中期。欲來不來心自知。目不成語連雙厄。

（10）君馬黃

君乘黃馬。我乘玄駒。同道相逐。不知所趨。日短路長鞭何速。
頭尾帖地張四足。吾遊泰山。泰山高以東。風雨欲下雲蒙茸。我游華
山。華山高以西。亂石齒齒傷馬蹄。

（11）芳樹

芳樹一何搏。搏上有鴞鳴。欲彈不得彈。云有神公坐其間。東海

〔註2〕原文爲異體字。以下皆是。

有丹羽。一母將九雛。雛多不得食羽毛。銷殺口不言。吾欲移之。置此樹端。海多波濤。舟船行難。欲移又不得移。心中愴。謂之何。

（12）有所思

有所思。望將歸。雁門之北霜入衣。鴈欲南來雲雛之。妾心亂以如絲。還視篋中紅羅襦。中有雙鴛鴦。不能獨著之。妾為星。君為日。晝與夜。不相及。君為日。妾為星。分君光。常夜明。

（13）雉子斑

雉子。斑雉飛。格格子。在草間。將母哺子。中彈一丸。雉子脫以高飛。雄者錦翼。繡帔左右。顧挾兩雌。意氣驕傑。多為噫欷爾為樂。爾獨不知哺者苦。

（14）聖人出

聖人出。天為期。日揚光。星燭之。誦佳歡合所私為。駕雙乘黃。來上泰山畿。捧玉璧。金鏤之。再拜稽首上皇帝。如天與日終不棄。

（15）上邪

上邪。我與君相知。日出月沒天知之。烏白馬角魚高飛。鳥下沒龍伯。人生鼇足出。山海易。不敢與君息。

（16）臨高臺

臨高臺以風。上有綺閣綺以重。下有江水搖〔註3〕以楓。江有鯉魚遐哉雙。我欲射之彎朱弓〔註4〕。朱弓發。素鱗舉。奉上陛下一玉盤。請歌延年樂永始。

（17）遠如期

遠如期。四海外。八駿馬。縱飛轡。東至若木。西至懸渡。南至比景。北至軒轅。歸來坐殿上。大開司馬門。享萬國。朝羣臣。魚龍百戲。拉沓相陳。皇帝布大喜。天下大酺樂。白頭何。老公嬉戲逐鳥雀。

〔註3〕原文為異體字。以下皆是。
〔註4〕原文為異體字。以下皆是。

（18）石流

石流涼。石何以流。醴泉甘香。朱草神芝。羅列其旁。陰生碧玉。丹砂在陽。服之膺上壽。登躡樊松處。帝左右。萬歲樂無期。宜與日月厚。

2. 擬漢橫吹曲

（1）出塞二首

鳴鞭過渭水。飲馬出蕭關。陰風起四野。夜半□〔註5〕笳寒。結髮從匈奴。十年望闡顏。將軍既數易。部曲亦屢歡。朝聞胡馬嘶。壯士鳴刀鐶。但得從嫖姚。殺身何足難。

國家重奇勳。壯夫舉大名。羞彼守邊士。白骨橫長城。夜深太白高。虜回陰山行。拂劍拂胡霜。擊皷揚天聲。朔方既已截。西域爲之傾。葡萄種上林。天馬游漢京。歸來南山下。射虎足平生。

（2）入塞

虜騎填青海。將軍入定襄。邊城笳皷動。復縛渾邪王。馬帶葱嶺雪。甲覆龍城霜。拂拭朝至尊。凱歌動明光。新開冠軍第。別賜羽林郎。鳴珂出柳市。陪獵向長楊。朱樓待鐘皷。千騎正東方。

（3）關山月

黃河源上秋風徂。龍沙磧下鴻雁多。此時邊聲爲誰好。關山月出青峨峨。霜深夜靜天逾碧。白草迷迷共一色。吳鈎照月倍能明。折柳傷心聽不得。□笳咽咽起臨洮。玉門黯黯向天高。士卒沙頭飲劍血。漢王宮裏種葡萄。葡萄未落青海冰。□騮躑躅塞下鳴。不知此夜金鉦響。何似空閨玉杵聲。

（4）洛陽道二首

朝日金溝滿。青槐御路長。鳴琴金谷裏。拾翠洛川陽。寶梁頻賜第。潘陸復澄江。鬱鬱交南陌。青青入北芒。

平津堪走馬。華林好挾彈。復有登樓艷。臨風玉管寒。戲自偃師

學。博從劇孟看。爲問濯龍下。香車日未闌。

（5）長安道三首

渭水明天漢。南山盤未央。俠游徑柳市。車馬羨紅陽。擊鐘馬豎第。擁扇章臺旁。狹斜多意氣。獨有羽林郎。

金錐芳草合。仙掌露華明。韓侯能逐雀。樓護善調鯖。黃金買詞賦。玉貌借丹青。惟有秦皇女。吹簫學鳳聲。

車馬老日月。遙望長安中。嶙嶙排天障。鬱鬱紫皇宮。北枕太行道。南指碣石峰。其中百萬戶。朱門日爛爛。將作皆羽林。賣醬時鳴鐘。金玉各在眼。市儈少愚聲。天子之所都。百物靡不工。流離翡翠帳。瑤蒩青珠幪。文錦起蛟鳳。玉紫瑪腦紅。此等貴無用。不脛萬里通。幽并好游俠。燕女多豐融。寶袾珊瑚襦。紫艾青馬驄。射鳥西山下。挾瑟易水東。中有金吾吏。自誇金吾雄。將軍坐中堂。繡騏玉蟠龍。黃紙出懷袖。赤棒搖短虹。其下虎賁校。磔毛趨奔蜂。日有千萬人。繹絡長安衕。鷘鵠不空掌。怒虎生腥風。近見侍中貂。紛紛亦忽忽。朱篆肘下懸。絳節紅錦蒙。出入天語重。彈射不及躬。天子盛才桀。弋獲羅飛蟲。區區房櫳姿。鵰鶚及羆熊。豈無李延年。亦奏衛霍功。田竇猶結歡。許史氣協隆。黃金披亂穴。銀洙被僕童。紫馳煮青蘇。香霧流霞濃。堂上沸列管。堂下植青桐。角逐狗馬間。奔走卿與公。公卿好容制。寬腹頤鎖豐。腰間暖橫玉。文犀鏤玲瓏。飛塵頭上望。端拱節奏同。鳴驂入閶闔。肅肅聞呼嵩。歸來飲醇酒。今日無胡戎。〔註6〕

（6）梅花落

庭中玉樹早知春。霜質先驚繡戶人。香散初疑憐袖薄。枝垂只是

〔註6〕文本亦收錄於明‧杜騏徵等輯，四庫禁燬書叢刊編纂委員會：《幾社壬申合稿二十卷》（北京：北京出版社，1997年6月，《四庫禁燬書叢刊》明末小樊堂刻本），第34冊，集部，卷之六，頁601～602。以下簡稱「壬申合稿」。「紫馳煮青蘇」作「紫馳煑青蘇」；「角逐狗馬間」作「角逐狗馬間」。

愛妝新。可惜春風向空度。流鶯啄入金波去。如妾朱弦曲未終。知君玉笛聞何處。江南〔註7〕正月正繁華。蕩子遲遲不念家。止應蝶粉傷幽夢。未遣金樽唱落花。越使宜逢江上客。爲嘆梅花淚沾臆。燕子初飛桃李春。枝間楚應堪摘〔註8〕。

（7）紫騮馬〔註9〕

愛勒青絲轡。頻看白玉蹄。氣驕霜月滿。身入陳雲低。朱汗垂長鬣。龍文隱障泥。將軍經百戰。騎出到安西。

（8）驄馬驅二首

驄馬紫遊韁。連鑣出定襄。爲銜苜蓿入。齊種漢宮牆。

身騎大宛馬。還把月氏弓。秋塞胡霜白。莫驕金市東。

（9）雨雪曲

邊城多雨雪。暗暗望焉支。天低雞鹿塞。雲迷虎豹旗。寒鵰帳外愍。羌笛夜中悲。胡血猶堪飲。冰糜安足爲。

（10）隴頭吟〔註10〕

隴頭流水寒惻惻。隴上行人寡顏色。黃風吹塵堆作雲。萬馬一時嘶向北。燕支自落漢家兒。胡淚洒天天不知。玉貌花容歸漢女。空坐高樓霜四垂。

3. 擬梁皷角橫吹曲

（1）企喻歌辭

胡鷹天上飛。鯉魚水中宿。出門各異方。健兒恒相逐。

驅馬豐草中。草香齊著髀。燕角繡鍪弧。獺尾懸兩刀。

〔註7〕原文爲異體字。以下皆是。

〔註8〕原文如此。疑有漏字。

〔註9〕文本亦收錄於明・陳子龍、清・李雯、清・宋徵輿撰，陳立校點：《雲間三子新詩合稿　幽蘭草　倡和詩餘》(瀋陽：遼寧教育出版社，2000年1月)，卷六，頁118。以下簡稱「陳立校本」。「身入陳雲低」作「身入陣雲低」。

〔註10〕文本亦收錄於「壬申合稿」，卷之六，頁603。「隴頭流水寒惻惻」作「隴頭漢水寒惻惻」；「胡淚洒天天不知」作「胡淚瀧天天不知」。

前旗招後旗。齊看繡蠻獅。前甄望後甄。齊著鐵連錢。
何處可憐叢。城南鬪塲頭。健兒草中死。飛魂草上央。

（2）瑯琊王歌辭

新牽汗血駒。繫在白玉牀。一食三顧盼。何如窈窕娘。
瑯琊復瑯琊。瑯琊大道王。春風吹錦纜。青雀在中央。
窮鳥高樹顛。樹無依鳥心。孤兒在草間。悲啼誰見存。
瑯琊復瑯琊。瑯琊大道王。快馬思健兒。俊鶻思秋霜。
長安十二陵。灞杜最妍茂。藍田山可懷。蓮勺平如繡。
瑯琊復瑯琊。瑯琊大道王。高樓遲玉珂。風吹繡袂香。
客行依主人。願得中人良。鹿盧依金井。願得素綆長。
寶劍淬芙蓉。成龍入木中。誰能合離此。齊獻廣平公。

（3）紫騮馬歌辭

海水沒海田。海魚飛上山。壯女蹋腳宿。沙中臥少年。
百尺山頭樹。葉落無歸處。不及滿中草。枝蔓相連締。
結髮從軍去。頭白始放歸。鄉里問姓名。知我是問誰。
遙望識故鄉。左右何茫茫〔註11〕。狐狸穴我戶。野雀巢我房。
中堂生苦荊。灶上生苦瓠。伐荊旣無刀。烹瓠亦無釜。
刀釜旣不得。空堂起颶風。吹我出門去。淚落深井中。

（4）鉅鹿公主歌辭

玳瑁鷗翅黃金耳。官家出遊看豹尾。細仗雜香坌霧起。
素指垂垂車戶裏。鉅鹿公主非常女。身近日月接天語。

（5）黃淡思歌辭

歸歸黃淡思。為郎擣素絲。歸歸黃淡百。為郎作複袙。
與郎言所苦。腸作颶風旋。郎心自不定。那畏他人言。
堂中何紛紜。言自廣州來。雞舌和下襦。玳瑁飾上釵。
釵頭何晃晃。郎醉橫牀上。

〔註11〕原文為異體字。以下皆是。

（6）地驅樂歌辭

偪偪幅幅。裲襠袙複。養殺老牛。鞭殺健犢。

驅雞入柵。雞飛上墻。老女獨坐。眼大心洋。

譆譆出出。思君無力。齧歡左臂。聞懽氣息。

宛轉郎懷。問郎誠質。郎有女心。有何不得。

（7）雀勞利歌辭

南山野雀何勞利。雨雪滿天鼓兩翅。欲渡東海頓在地。

（8）隴頭歌辭

朝行隴阪。暮宿隴頭。水寒風飛。涕不得流。

隴頭流水。向我西下。冰入馬蹄。甲如覆瓦。

東流白馬。北注黃龍。但聞水聲。知我心胸。

（9）隔谷歌

兄騎青驄馬。弟騎玉腕驑。一馬不食兩馬愁。兩馬相馳逐。兄南弟不北。腰間紫艾刀。齊飾于闐玉。一朝相失在疆場。阿兄被虜囚。坎坎舂黃粱。阿弟裹創戰如虎。左盪右旋身破虜。奪兄歸來鳴大鼓。

（10）淳于王歌

鬱鬱城邊柳。柳長欲作花。思我百媚郎。登樓望狹斜。

百媚人言好。千媚妾自知。春風吹送汝。歷亂解愁思。

（11）東平劉生歌

東平劉生安東市。黃衫白馬春風裏。屋裏無人看阿誰。卻似雲中單鵠子。

（12）捉搦歌

故衣難浣付砧杵。兒嘶不休與白乳。健兒獨坐睍刀斧。壯女無匹與牀語。

持刀捕鴨鴨上天。空持鼎鑞心流涎。阿母嫁女須少年。東家快犢無人穿。

黃河灘下千尺水。中有鯉魚桃花尾。可憐素足踏沙裏。白石粼粼

齧金齒。

種瓜牆頭覆四際。牆內未熟牆外視。男兒私婦女盼壻。阿母作計
何乖剌。

（13）折楊柳枝歌〔註12〕

繫駒楊柳枝。柳葉入駒口。健兒沙頭臥。得敵便成手。野羊銜草
來。饑鶻拳雀去。壯士有所思。叩環不得語。

吾得漢二女。接來累馬騎。生子三歲大。深目號鮮卑。左持白鼻
騧。右執金叵羅。郎帶鐵具裝。妾著紅錦靴。

南山自有雲。北山自有雪。胡女自憐胡。龍芻龍未醬。黃河常苦
濁。華山常苦巍。不獵隴頭下。安得蒼鷹肥。

（14）幽州馬客吟

驊騮自言好。願與健兒俱。男兒自言強。顧為錢刀驅。

秋風入平地。問女女不言。黃金滿兩廂。感郎情懷寬。

牽著橐駝鳴。明星照穠寬。繡帳自然開。朱顏動懷裾。

黃羊在野中。脫毛入鼎俎。女兒在深閨。抱衾牀前坐。

左手青雀屘。右手胡琵琶。但見紅樓是。垂柳黃金花。

（15）慕容家自魯企由谷歌

可憐黃鵠子。但向雲中飛。妾居九重閣。郎為百丈梯。

（16）高陽樂人歌

朱樓大道邊。橫笛隨風寫。可憐白鼻騧。雙繫垂楊下。

玉鍾清琥珀。捻臂作交杯。酒有春風力。桃花相對開。

（17）雍臺

雍臺何所見。歷歷向長安。秦山從北以。隴水自西寒。雕弧紫塞
盛。寶翠金閨闌。為悉明月夜。千里念刀環。

〔註12〕文本亦收錄於「壬申合稿」，卷之六，頁616。其詩題名為：〈折楊柳
　　　　歌〉。其一「健兒沙頭臥」作「健兒沙頭臥」；其二「野羊銜草來」
　　　　作「野羊啣草來」；其三「吾得漢二女」作「吾得漢兒女」；其四「郎
　　　　帶鐵具裝」作「郎帶鉄具裝」；其五「龍芻龍未醬」作「龍芻龍来醬」。

（18）白鼻騧

可憐白鼻騧。動作如龍子。春深楊柳正垂垂。年少兒郎白玉姿。馬上揚鞭不解意。愁殺紅樓薄暮時。

4. 擬相和曲歌辭

（1）箜篌引

楚妃且勿嘆。秦娥且莫謳。高堂傲清聽。聽我彈箜篌。河上何老知。披髮而乘流。白首蹈死地。使人翻百憂。高天亦有涯。海水亦有週。波濤及雲霧。茫茫無所遒。且當飲醇酒。賓御多良儔。美人舞中筵。移觴登高丘。盛德不可棄。服義良自由。鷁鶄有餘食。不如養奇謀。河深水有瀾。何如理方舟。百年誠易盡。奚爲恣沉浮。飛爵爲我傾。流光不我求。安得慷慨士。與之凌滄洲。

（2）氣出唱

乘飛黃。陵天而遊。杳忽莽盪。復下觀九州。多歷城郭覽人民。仰天而歎。天正蕩蕩。風出閶闔門。玉冠霞袖。軿車相存。手持雲璈。吹玉笙。海水莫不逡巡。歛長袂。聽玉笙。曠遙征。西到增城山。睇望神之宮。兩青鳥。銜衣鼓翅。來到玉闕。阿母顧視。中心洋洋啓紫囊〔註13〕。望字如碧丹。爲行不得正視。屈玉指。殯示五嶽。告其形。謹佩之福。自生神仙之人。或近或遠。但當無所疑崑崙。意中見。奉旨酒薦瑶堂。氣與天合神內昌。當造天之苑。膏彼芝車。秣彼六龍。上叩天之語。下錫靈之冊。開我懷納之書。億萬年。天無期。

（3）精列

我所悲。人命不自足。但爲日月驅。但爲日月驅。愚者諒不避。況復賢豪。爲思赤松之術。往來三神壚。往來三神壚。見譏於獨快。勞智在蒸人。勞智在蒸人。奔車喪孔墨。蒼梧已不情。蒼梧已不情。傍偟欲何倚。壯盛難爲平。已矣日將過。涕泣當奈何。

〔註13〕原文爲異體字。以下皆是。

（4）江南

江南可采蓮。桂楫木蘭船。桂楫不須掉。木蘭不須牽。不知誰家子。婀娜臨風前。首辭金步搖。耳脫翠連環。腰間石華帶。約約何珊珊。何以展光艷。綺霞目以瀾。何以著相思。鸂鶒雙飛還。何以發慷慨。蓮子中心寒。素手折荷花。藕枝自相連。歸來獨太息。但坐蓮花殘。蝦鉏思浮萍。鯉魚畏釣竿。中情各有異。誰能相爲言。

（5）度關山

關山崔巍。車馬洋洋。鳥道可陟。詰屈難量。我思古人。遵彼羊腸。策馬奮車。乃羞王陽。於鑠明聖。綏理疆場。國多賢人。野有菑藏。道不拾遺。牧散牛羊。親戚慈惠。何有何亾。亦有猛士。以守四方。出車千里。如遊帷房。嗟哉後世。靡所樂康。錢鎛失利。狐鬼相翔。獨居多搖。出門異鄉。孔老顚蹶。況聞尋常。沆幾博愛。永爲世綱。

（6）東光

東光乎。蝥我者何。植乎。穀我者何。已乎中原多聚甲。不爲天子驅。河北饒廣野。無當三軍儲。三軍組練子。荷戟依墻隅。

（7）十五

遡風而曾吟。局促無所守。烏兔萬里高。川谷不相厚。鬱繚難久居。蘭芷自言茂。豪猪射我前。玄蜂集我後。鸞鳥顧悲鳴。雲中獨回首。

（8）薤露〔古以送貴人喪也僖廟時縉紳褕綯故以此歌當之〕

惟明十三帝。國政在雄瑺。狸質而虎威。睨鼎而登牀。賊臣自相署。假詔執賢良。金木何不仁。濺血滿獄梁。身死既不葬。三五陳縱橫。國士抱甕故。言者殞道傍。幸逢聖明世。白骨歸故鄉。雖然黃鳥詩。千秋爲悲傷。

（9）蒿里〔古以送庶人喪也聖主當陽□風交風民生□質故以此歌當之〕

皇帝治七載。四海思太平。有君會無臣。中外日用兵。車甲滿荒

野。匈奴攻長城。主將戰不力。擄掠而且行。殺良以邀賞。迸散如鼬鼪。狐狸厭人血。惡烏尸間鳴。虎吏據案牘。催科猶裂蒸。民命誠易窮。死者不可生。飄風吹黃沙。念之傷人情。

（10）對酒二首

飲美酒。思太平。長安天子賢且明。宰相吐哺和樂盈。謁者常侍掃殿庭。將軍耿介當長城。長吏爲政如父兄。詔書萬里行雷霆。苻拔獅子走帝京。渭橋鐘皷騰讙聲。羽林孤兒天賜名。勢如虓虎心勇精。天子枹皷臥不鳴。大酺三日百戲呈。寒暑節信日月清。賞及鷄狗皃和寧。

飲美酒。思太平。天下衍衍多友生。高臺廻波琴瑟鳴。鬥鷄走狗長安城。俠行萬里知姓名。安車緩步稱公卿。抒文掞藻丰稜稜。華言如山酒如澠。不憂謗誹中心傾。五都珍怪如流星。卓鄭金錢流邊亭。朱樓美人吹玉笙。紫騮年少不遠行。都梁迭迷香復清。江南秋波澹澹明。

（11）鷄鳴

鷄鳴金樹杪。犬吠綺陌間。蕩子何所之。天下多遊閒。文法樂廣大。萬里行比肩。琉璃爲君屋。文梓爲君軒。中有錦氍毹。對舞雙廻鸞。紆袖發鞮狄。迎風以激丹。屋後青梧桐。雜以翠琅玕。琅玕有妙實。一一飼朱翰。嗷嗷雙鳴聲。聞我殿西端。兄弟四五人。軒車來班班。日午下朝歸。閭左夾路觀。蜚離兩走馬。奕奕何翩翩。貯橘金盤裏。遺扡擲橘前。柑香旣不御。橘在盤中歎。兄弟樂相樂。樹木還相憐。

（12）烏生

烏生八九子。置巢南山黑柏端。唶我。南山下有敖游小兒。縛竹爲弓泥爲彈。隱身挾彈青林間。烏啄尻屢高。乘伺烏後。即發中一丸。烏欲高飛。毒哉良難。唶我。烏死肉不足豪。生時食粟不盈嗉。薄瘠何當辱子勞。唶我。鳬雁嗼喋上林中。彈射不及毛羽豐。鼴鼠乃在大倉深窖中。腹克尾大。端坐而大餔。人曾不得。傷鼴鼠毛。猛虎食人太山下。人不敢議猛虎。唶我。民生若螻蟻。天不得顧局促。何須較苦樂。

（13）當平陵東

大江東。秫稜種。不知何辜攝老翁。攝老翁。在匡牀□。中無糗糒。還視體下無縫裳。無縫裳。亦誠難恕。惜見縣官中心怵。中心怵。骨枯竹爲告。爾鄰拆茅屋。

——文本摘自清・李雯撰，四庫禁燬書叢刊編纂委員會：《蓼齋集四十七卷・後集五卷》（北京：北京出版社，1997 年 6 月，《四庫禁燬書叢刊》清順治十四年石維崑刻本），第 111 冊，集部，頁 216～226。

《蓼齋集・卷四・樂府（二）》

1. 擬相和曲歌辭

（1）陌上桑倣顏光祿九首

懷珠候盈月。蓄絃傒高桐。中埋苟不乖。有美時相從。睠彼君子室。登斯窈窕容。當春發華滋。初日麗芳叢。高樓娛清徽。左右披蘭風。

燕婉申固情。良人戒方軌。未出邯鄲郊。結綬在朱邸。形響豈不憐。鴛鴦鳴中沚。弈弈雙珮環。玲玲動清耳。朝爲雲出岫。暮爲樹連理。

陽春及嘉日。桑陌浩以盈。沃若垂柔柯。倉庚催我晨。佳人務承筐。聊是意所親。微芳振中野。弱腕良用伸。寧知瓊 〔註14〕 樹枝。遺照暉佳林。

袨服出林隅。盛顏貯幽好。濬懷疇能知。睥睨盈周道。庶務荒所勤。游思自草草。良風吹丹藿。河水白潝潝。諒非東門遊。徒用傷懷抱。

趙國富鳴瑟。叢臺臨清郊。君王肆遙矚。俠佳欣所要。驅車遵往路。芳訊承蘭皋。美人眇清盼。分遠心何勞。肅體前致辭。靡視誠中搖。

妾本邯鄲女。綺閣漳河湄。娟娟澹春霧。澄素明秋姿。弱弄媚紈

〔註14〕原文爲異體字。以下皆是。

綺。少年工愁思。薄言事柔桑。採擷臨路岐。君其廻玉趾。賤妾蠶若饑。

　　傾城邁荒懷。暌心托密音。邂逅屬城隅。悅懌傾素忱。中情諒不薄。竊比雙南金。美服非野處。好鳥歸高林。桃李及時妍。奚用愧松筠。

　　亮節誰能與。嘉命難重違。聞君有鳴箏。可以避流暉。潔志張高絃。介言屑清菲。不見芙蓉花。無心倚桂枝。比目同水波。鶼鶼薄天飛。

　　義高識調激。曲終知情孚。結髮爲人婦。貴與金石俱。豈不懷光睞。服志誠難渝。妾爲南山鳥。君非北山羅。珊珊謝君王。冉冉日西虞。

（2）艷歌行

　　翩翩雙鳴鴈。飛從西海頭。將雛復命侶。來往三湘遊。一朝雲霧失。哀鳴自相求。雄鳴衡陽南。雌落瀟湘北。相呼不相聞。意苦音不續。我欲置汝去。毛羽苦幽獨。我欲持汝去。繪弋何局促。樂哉心相於。歡來離別俱。安得同萬年。攜手相馳驅。

（3）採桑

　　黃鳥鳴後園。遊絲嬌上春。試出城南望。齊是釆桑人。上宮多雅質。濮上饒清音。靡靡交蕙風。釆釆游芳津。繁條罥〔註15〕纖袿。柔黃曜嘉林。翩然南陌子。顧盼勞微吟。既託公子遇。搆此傾筐心。懷情在秉翟。服義重抽簪。衞管屬邂逅。鄭綦結密因。江珮靈女授。河激趙姬陳。芳盛難久要。惠心良及辰。君其住玉趾。聽妾張素琴。

2. 擬吟歎曲

（1）王明君

　　妾本良家子。出身事掖庭。自倚蛾眉重。不願託丹青。君王按畫圖。賤妾無逢迎。沈淪漢宮中。寢興昧平生。駕言事匈奴。慷慨楊妙

〔註15〕原文爲異體字。以下皆是。

英。冀蒙天子盼。䤩入□□城。彼飾非我妍。彼懂非我情。坐我橐駝上。聽我琵琶聲。琵琶彈漢曲。胡馬蕭蕭鳴。僕夫既慘悽。氈車各一行。聊復致漢物。益使淚沾膺。髮變龍城霜。肌裂青海冰。頗覺明鏡疎。乃知朱顏輕。冉冉澗胡沙。悠悠辭漢旌。爲謝長門月。無傍妾身明。

（2）王子喬

西出長安道。遙望緱氏城。仙人王子喬。但坐吹玉笙。吹玉笙。鼓洞簫。碧海濶。蒼鸞高。東到蓬萊。西到崑崙。遊戲天門下。下來游。王子喬。奉上陛下一玉桃。千秋萬歲何迢迢。

（3）楚妃嘆二首

春帆明遠岫。飛燕語雕梁。此日登樓望。江花明洞房。妾身在南浦。君夢入高唐。可惜連枝帶。空餘杜若蘭。

洞庭無意綠。巴艸更差池。自鎖章華殿。徒勞雲夢思。薦精祠帝子。製綵繡樊姬。不信君王意。多移宋玉辭。

3. 擬四絃曲

（1）蜀國絃

楚妃激南調。蜀絃揚西音。花發錦城暮。江明玉壘春。碧鷄仍向越。卭竹日通秦。陽成延綺閣。高宴娛佳賓。酤釀發青醑。丙穴薦奇鱗。哀歌動漢女。玅舞會巴人。當茲濯錦日。復有彈琴心。柱促聞調急。絃緩知意深。似聞江妃歎。彷彿陽矣吟。樂飲盡今日。流眄心所親。

4. 擬平調曲

（1）長歌行二首

憂來不可禦。置酒中天衢。左手招翔陽。右手挹望舒。飲爾美酒晡。爲我姑安驅。我欲歷五岳。遊戲青城居。東發龍威函。西讀蔡丘書。假途軼遼海。群龍相奔趨。玉虬駕中梁。乘黃當安車。歸來臥瑤瑟。玉食吹笙竽。射獵西山頭。百虎千狼狐。上堂傾玉卮。

下堂獻〔註16〕珊瑚。所樂不可言。仰天呼吾吾。悠然起長嘆。日月非吾徒。丈夫不苟壽。松喬徒區區。〔註17〕

　　颶風激滄海。揚波無定瀾。扶桑麗白日。壯士傾朱顏。春華不待秋。夏蟲豈多延。人生固有情。達化非自然。駕言抒奇謀。金石爲我宣。勞心極宇宙。撫劍竟長歎。高墻生野蒿。燕雀戲其間。余歎彼不聞。余泣彼已歡。手中無角弓。涕下傷心肝。

（2）短歌行二首

　　大海有涯。高山有阿。多悲少歡。歲月維何。烏雀鳴喚。朱明求旦。鼓缶而歌。誰能不歡。擊爾鼉鼓。揭爾桂樽。托體天地。良及芳辰。大雨將降。龍上於天。蚓亦在穴。自吟其賢。物之所足。各在乎已。蜉蝣欣欣。鳳凰不喜。枯林風高。猛獸怒號。不見子都。但逢蓬蒿。大人所欲。亦不獨快。禹勤其民。首觸黪絓。〔註18〕

　　登高宜歡。望遠而悲。顧瞻霜露。局促難怡。〔一解〕攬衣振步。於彼高岡。痛憤可抒。國讐未央。〔二解〕青青子衿。悠悠我心。爲爾寂寂。袖手至今。〔三解〕身無良駟。如何可驟。誰爲脂牽。巾車在後。〔四解〕浩浩白水。儵儵之魚。甯戚所嘆。我將焉如。〔五解〕褰裳濡足。涉彼江波。念我故人。勞心孔多。〔六解〕日落風高。鳥獸羣號。率彼曠野。身如蓬蒿。〔七解〕功不厭高。迹不厭奇。呂尚鼓刀。文王之師。〔八解〕

（3）銅爵伎〔註19〕

　　翠輦辭朱陛。明妝入繐幃。不愁歌舞盡。但苦艷陽非。月冷青松樹。香銷金縷衣。年年漳水上。千里暮雲飛。

（4）猛虎行〔註20〕

〔註16〕原文爲異體字。

〔註17〕文本亦收錄於「壬申合稿」，卷之五，頁 592～593。「憂來不可禦」作「憂本不可禦」。

〔註18〕文本亦收錄於「壬申合稿」，卷之五，頁 593。

〔註19〕文本亦收錄於「陳立校本」，卷六，頁 117。

〔註20〕文本亦收錄於「壬申合稿」，卷之六，頁 603～604。「虎得操術」作「虎得攙術」；「胸有赤符」作「臀有赤符」；「虎不咥人」作「虎不咬人」。

山高艸肥。猛虎盤桓。羣俟相追。招招北南。〔一解〕虎得操術。
人樂就虎。吮血而醅。其目不怒。〔二解〕一虎含毒。磨牙莽間。不得
人囓。發病狂顛。〔三解〕雷鼓莫驚。朱矢莫注。胸有赤符。擊之者弊。
〔四解〕吾聞上古。王道便便。虎不咥人。麒麟在前。〔五解〕

（5）君子行

神龍失雲霧。蛙蛭來相欺。黃鵠囘其頭。不羡烏雀飛。百里出牛
口。傅相居胥靡。落落天地間。庸夫相笑之。一朝奮羽翼。舉首王霸
期。功成鏡天壤。身爲萬乘師。斯人旣寥廓。時俗知輕肥。危石爲冠
〔註21〕簪。蜉蝣爲羽儀。雖貴非所榮。欲采南山薇〔註22〕。

（6）燕歌行三首

悲風入林天雨霜。蘭蕙無情寒夜光。〔一解〕明星惟虛不可當。念
君行役之疆場。〔二解〕征馬蕭蕭依白楊。仰視鴻鴈隨風翔。〔三解〕邊聲
夜起愁未央。此時賤妾守空房。〔四解〕明燈慊慊罷流黃。抽思紉怨縫
君裳。〔五解〕內用都梁百和香。欲寄〔註23〕浮雲往不將。〔六解〕金波明
月秋相望。關關徐起雙鴛鴦。爾獨何爲在我旁。〔七解〕

塞雲飛飛白日黃。清氣激冽悲河梁。念君遠行踐胡霜。低幃沈思
不可颺。明月窈窕難爲當。誰能愁來夜不長。離魂策夢路洋洋。獨何
盛顏媚筐牀。鳴箏切切訴空堂。採蘭擷蕙意不芳。河有堅冰鬱哉魴。
不能從鰥中心創。諒君守貞在他方。高節入雲增妾傷。爲君自保容儀
光。膏沐時施不敢荒。〔註24〕

又 *倣梁體*

隴西健兒好吳鈎。遼東少婦解箜篌〔註25〕。清霜久拂黃龍戍。
別鵠初彈明月樓。戍上樓頭不相見。別鵠飛霜各自秋。只恨沙場遊俠

〔註21〕原文爲異體字。
〔註22〕原文爲異體字。
〔註23〕原文爲異體字。以下皆是。
〔註24〕文本亦收錄於「壬申合稿」，卷之五，頁597。「低幃沈思不可颺」作
「低幃沉思不可颺」；「獨何盛顏媚筐牀」作「獨何盛顏媚筐牀」。
〔註25〕原文爲異體字。以下皆是。

子。那知出塞冠軍疢。迢迢夜夜天如水。脉脉沈沈千萬里。難將柳葉比蛾眉。可惜桃花如馬尾。初從都護出樓蘭。又逐將軍向白檀。君騎宛馬誇新汗。妾淚湘妃益舊斑。音書遠絕焉支塞。別寐〔註26〕常登黃蘗山。縱使紅顏如寶劍。豈能不折秋風間。昨日寒蟬怨落暉。桐杵微鳴香薄衣。藁砧聲入雲中去。破鏡還從天上飛。

（7）從軍行

隴右尚奇俠。少年輕邊城。鏤衢金錯鞍。組甲縵胡纓。虜騎聞控絃。游軍已抗旌。清笳展寒谷。馬足蹻堅冰。萬里看雪山。遠望單于營。朱旗捲胡沙。簫鼓流漢聲。投袂起絕域。撫劍臨龍庭。朔風一以悲。慷慨縱橫生。羞為章甫士。甕牖思飛鳴。

（8）從軍行五更轉

一更展號旗。畫角向天吹。將軍坐蓮幕。殺氣到龍陂。
二更夜未闌。沙場明月寒。寶刀匣裏動。太白幕中看。
三更唱籌明。畫角起邊聲。忽聞折柳曲。齊動玉關情。
四更霜欲高。秣馬戞臨槽。甲葉寒如水。嚴風利若刀。
五更鼓潭潭。烏啼曙色參。更人下樓去。齊復唱平安。

（9）鞠歌行

飛雲馳。乘黃趨。陵風萬里往不拘。海岵渴明珠。枯願揚天波。激蓬壺時將。失年易徂。陽烏既逝忽若無。鼓玉瑟。吹笙竽。美人不見心煩紆。山中蘭蕙艸蕪。獨吟哀歎芳未舒。

5. 擬清調曲

（1）苦寒行

北登羊腸阪。豀谷何盤盤。羊腸阪。豀谷何盤盤。馬蹄如束竹。車折岵岈間。〔一解〕灌木何糾錯。懸磴不可攀。何糾錯。懸磴不可攀。鼯鼬抱樹啼。豺虎向我看。〔二解〕陰風吹積雪。石落何塡塡。吹積雪。石落何塡塡。驅車出長道。遠望迷旌旆。〔三解〕吾行苦奔峭。一思京

〔註26〕原文為異體字。

洛安。苦奔峭。一思京洛安。川竭山屢崩。國命無人宣。〔四解〕慷慨
赴征路。戎車不得閒。赴征路。戎車不得閒。爇薪爲我衣。鑿氷爲我
餐。〔五解〕朝行擊鼓悲。晚食臨星寒。朝行擊鼓悲。晚食臨星寒。念
此西征人。發我東山歎。〔六解〕

（2）飛蓬篇

中林多荒艸。獨爲轉蓬悲。孤根既斷絕。弱質多違離。棄捐古道
旁。宛轉秋風時。東西非我意。南北無程期。朝隨白楊葉。飛越南山
陲。暮逐浮萍艸。依棲冰雪池。飄泊何時休。道逢黃雀癡。銜我高樹
顚。纏緜雜亂絲。亂絲豈我儔。纏緜亦徒爲。常願空槐火。燒落同垂
灰〔註27〕。本隨勁草直〔註28〕。羞爲輕薄資。

（3）豫章行

豫章生崛奇。乃在太山阿。初時人不識。獼沓紛相加。陰風吹其
條。嚴霜萃其柯。柯條自相茂。霜雪一何多。下根據盤石。上枝巢丹
雛。問誰致此樹。魯班號公輸。良材當大厦。不受檴與櫨。昔爲人所棄。今
爲神所扶。寄謝山中樹。保此霜雪軀。處當冠丘山。出當煥皇都。

（4）董逃行

我欲造天排雲端。浮雲蒙茸游以難。遙見崑崙山。五色流波微瀾。
但見玉紅來草。華實翻翻。〔一解〕五城仡以崇聯。羣龍曼衍。開明戲
其間。山林浩冥。但見芝車雲馬來般般。〔二解〕暫復憩。酌玉泉。耿
耿心難忘。所願不可言。忽有青雀墮我前。銜我袖。授我要道一玉編。
〔三解〕一玉編言亦不多。教我服食鍊氣成日丹。役使六甲往復還。我
受此冊。匍匐稽首。來獻皇帝陛下。〔四解〕皇帝所游。乃在空同。黃
鵠紛下來。神芝何幢幢。軒皇問於天姥。小臣願從赤松。〔五解〕

（5）相逢行

道出洛陽陌。陌上多行車。車中兩少童。褰帷問君廬。君廬誠可

〔註27〕原文爲異體字。
〔註28〕原文爲異體字。

望。可望復難詳。文軒接犀櫳。雲屋懸明璫。中有三千客。珠履自成雙。堂前生綺樹。樹下玉井牀。兄弟八九人。小者殿中郎。日午下朝歸。顧盼何洋洋。飛蓋臨交衢。光彩滿路旁。入門理金石。游戲東西廂。鴛鴦出中池。黃鵠來遠方。鳴聲何喈喈。羽儀自低昂。大婦整玉厨。中婦奏清商。小婦更殷勤。素手調桂漿〔註29〕。丈人且安坐。爲樂不可量。

（6）長安有狹斜行

大道紆且修。出門何洋洋。還視京洛子。驅車走路旁。短策無鸞音。猋馳如游光。各自有本懷。誰能相頡頏。康衢自委蛇。曲陌固多方。約有千萬岐。暮塵飛中央。但得公與卿。不惜衣與裳。行露豈不羞。耿介隨秋霜。弈弈貂蟬姿。輝輝侍中郎。崎嶇傷予心。返駕遊周行。

（7）蒲生行浮萍篇

浮萍無本根。托體隨流澌。弱質辭父母。得配君子儀。小心奉寢興。不敢恃恩私。在昔承光睞。動如袿與襟。何意中道絕。漼若商與參。錦衾豈不佳。不若素與紃。顏色誠已麗。中理長獨難。日東必有西。願君少遷延。慊慊遲日暮。華落將何去。不惜秋艸零。但被春英誤。微軀踐空閒。羅衣承墜露。豈惟故人悲。更爲新人懼。

（8）蒲生行

蒲生青池中。托根常苦卑。從風東西披。芳素良自知。中情諒不昧。巧間生狐疑。妾如清路塵。逢君得光治。委棄不敢非。念君顧盼異。君如飄風旋。賤妾將安止。鯉魚遊泉水。思得泉水長。兎絲寄松栢。思得松柏強。疇昔承謬恩。遂爲今慘傷。望遠者苦渴。好沒常恐溺。願君遠綢繆。且用鑒夙昔。安得與君共。保守長太息。且亦復自憐。暮亦復自憐。菡萏芙蓉花。秋風成屰蓮。諒無百歲歡。爲君期長年。

〔註29〕原文爲異體字。

（9）秋胡行〔註30〕

　　爲樂當何期。日短而慮馳。爲樂當何期。日短而慮馳。側身脩道。亦獨何爲。遭時毒苦。天不可知。龍吟虎步。顧居蒿藜。鰍鼠侮笑。悲來無辭。歌以言志。爲樂當何期。〔一解〕泰華何崎嶔。所近者日星。泰華何崎嶔。所近者日星。吾登其巔。俯視冥冥。雷霆大至。雲霓雄紅。盤石若刺。步履煩苦。仰首雨泣。徘徊而下。歌以言志。泰華何崎嶔。〔二解〕張樂崑崙岡。我將宴東皇。張樂崑崙岡。我將宴東皇。訪問道要。云何壽考。西王母進其玉禾。青琴宓妃。飾以綺異。目流神荒。猝不得問。逞而嘆息。歌以言志。張樂崑崙岡。〔三解〕戚戚欲何歸。古人者吾思。戚戚欲何歸。古人者吾思。吾思退而躬耕。時運是依。飯牛之歌。亦不能爲。憑托雲霧。神獸多威。桓文雖高賢。佐天子而雄嘉。歌以言志。戚戚欲何歸。〔四解〕白髦者金鉞。蓐收以爲秉。白髦者金鉞。蓐收以爲秉。奉上帝命。佐討奸腥。鶬鶬滿林。鳳凰安蹲。幹削荒蕪。植桂與松。下養麒麟。上覆卿雲。和樂萬里。受祿無疆。歌以言志。白髦者金鉞。〔五解〕魚鱉何紛紛。水竭網不施。魚鱉何紛紛。水竭網不施。聖人之德。滔滔江河。鰕鮿文蛤。皆出其中。蛟龍瑰琦。皆育其底。安擁奧府。其利將大。歌以言志。魚鱉何紛紛。〔六解〕往來三神山。仙人無獨居。往來三神山。仙人無獨居。吸八瓊之漿。餐五雲之英。彈箏鼓璈。驅龍策麟。遨笑相宕樂無已。極是以其期永遐。歌以言志。往來三神山。〔七解〕勞勞浮日光。飲食非吾生。勞勞浮日光。飲食非吾生。豢豕滿牢。死者不聞。天地雖壽。

〔註30〕文本亦收錄於「壬申合稿」，卷之五，頁585。「側身脩道」作「側身修道」；「雲霓雄紅」作「雲霓雄糾」；「張樂崑崙岡」作「張樂崑崙岡」；「我將宴東皇」作「我將晏東皇」；「張樂崑崙岡」作「張樂崐崙岡」；「逞而嘆息」作「退而嘆息」；「幹削荒蕪」作「幹削蕪荒」；「魚鱉何紛紛」作「魚鱉何紛紜」；「滔滔江河」作「滔滔江河」；「蛟龍瑰琦」作「魚龍瑰琦」；「往來三神山」作「徃來三神山」；「彈箏鼓璈」作「彈璈鼓箏」；「極是以其期永遐」作「極是以其期永運」；「死者不聞」作「外者不聞」；「道知人何愚」作「道智人何愚」；「大人薦腴」作「大人荐腴」。

非我思存。奚爲束手。用惠他人。歌以言志。勞勞浮日光。〔八解〕刺刺不得寧。道知人何愚。刺刺不得寧。道知人何愚。包攬世度。奚爲馳驅。眾人析薪。大人薦牒。山高海深。□重可師。歌以言志。刺刺不得寧。〔九解〕

6. 擬瑟調曲

（1）善哉行

涉江採蘭。日暮未還。北風早至。入我袖間。〔一解〕野鶩羣失。鶄鶵相翔。迎風遠遡。思我故鄉。〔二解〕有山層嵬。有水層波。憂從中來。微吟奈何。〔三解〕人生非木。華不再揚。今我不樂。白露爲霜。〔四解〕翩翩浮萍。與波搖傾。客行窮冬。苦無托憑。〔五解〕潔我清樽。張我素琴。一彈三歎。誰知我心。〔六解〕

有美一人。顏如舜英。柔姿夭紹。婉孌心情。隨風緩帶。微盼揚聲。工爲度曲。拊琴弄箏。蘭氣通懷。被服體輕。秀影立夜。佳俠難名。黃鳥于飛。于彼中林。載飛載止。顧儔好音。睠然之子。實勞我心。何用綢繆。層思永唫。

（2）日苦短

日苦短。悲未央。乃叩鼉鼓催玉觴。暫綢繆。心悅康。耳熱揚袂擊劍。舞歌相看無語。心如逝波。今日卑棲。何時奮飛。縱橫八表。顧盼生威。

（3）隴西行

隴西豪士青驄客。暮行繞過陰山脊。帳下健兒何必多。三騎五騎追風入。朔風吹雪胡天高。角弓洗血霜磨刀。漢卒多行北牧馬。胡奴不復南射鵰。一生游樂在邊地。家本藍田多意氣。短衣常獵霸陵亭。慷慨軍中不論事。結髮從戎舊有聞。殺氣橫秋搖白雲。漢家飛將知無數。獨言身是李將軍。

（4）步出夏門行

大道列雲端。高人不妾居。幸辭速死道。長與日月俱。青裙謁木

公。虎節乘芝車。忽逢羨門子。要我凌天衢。天上何所見。玉臺正嵯峨。明珠曜雙闕。青林鬱疎疎。還視世閒子。爲樂不盈軀。天上樂相樂。足步出夏門。東望岐山。鳳凰所宿。姬公輔賢。相呂保奭。並執國權。嗟哉二公。我無閒焉。春秋代謝。時運速遷。惟彼聖明。可以遠延。善哉殊復善。琴箏託言。〔一解〕秋水湧至。羨彼魚龍。變化形質。驅雨從風。雲霧既朗。彩霞麗空。顧瞻山川。艸木豐茸。鳴蟬動林。遠峰垂虹。朱蘭紫莖。弈燁其中。善哉殊復善。弈燁在其中。〔二解〕憩息平林。牧馬悲嘶。風淒日落。羣鴻亂飛。遠越關河。隨波託棲。道逢繒弋。雨雪霏霏。毛羽摧顏。相失雄雌。朝鳴夕呼。不能提携。汎汎輕舟。載沈載浮。我思古人。華落不留。樂終則闋。雨散難收。雍門之歌。遂悲千秌。〔三解〕

（5）丹霞蔽日行

丹霞映天。芙蓉出池。照曜阿閣。華而未黃。嘉魚可釣。金樽在茲。美如良夜。顧盼清暉。愛而不見。臨風遲遲。

（6）折楊柳行

萋萋葵與藿。烈士生狐疑。蛟龍失其勢。風雲不相隨。〔一解〕周公相武王。十臣無嫌猜。孔丘計不同。龜山使人哀。〔二解〕利刃既授人。何爲持斧柯。讒人在君側。不愁賢良多。鳳凰思千仞。矰繳其如何。〔二解〕趙高既已族。嬴氏乃不廬。殺鳩而焚羽。不如慎其軀。〔四解〕

（7）西門行

出西門。悵何之。人生貴行樂。何用復躊躇。〔一解〕夫爲樂。爲樂安可期。天公筴日月。令我不得久長思。〔二解〕弄白水。登玄丘。請攜故所交。聊用遠綢繆〔三解〕寄生若塵露。心懷江海愁。西風一旦起。梧櫃爲誰秌。〔四解〕松喬去我若雲移。惆悵徙倚復奚爲。松喬去我若雲移。惆悵徙倚復奚爲。〔五解〕人生無本根。聚散安可知。車敝馬煩不足惜。錢刀爲葬人笑之。〔六解〕

（8）東門行

出東門。望長堤。還入門。馬悲嘶。握中無脫粟。起視我車如雞

栖。〔一解〕仗劍上車去。兒女何須啼。生當共享鍾鬲。歺當長城塞下踏爲泥。〔二解〕踏爲泥。亦誰能顧。上念黃髮大家。下哺羽林孤兒。今日森嚴。難用周旋。君善自愛莫相思。〔三解〕今日森嚴。難用周旋。君善自愛莫相思。咄。我行當馳強。餔糜望將歸。〔四解〕

（9）**飲馬長城窟**〔註 31〕

飲馬長城窟。窟冰馬毛立。毛立猶尚可。指落凍殺我。自爲長城戍。時作長城吟。長城昔迢迢。單于躖空林。長城今陂陁。邉虜日夜僾。海寒魚不寒。桑枯不枯心。獨吾長城戍。橋立爲焦黔。安得如飄蓬。逍遥隨風征。羨彼牛與羊。飽食遭其烹。吾馬且努力。吾朝餔以冰。

（10）**野田黃雀行**

高山易爲石。密林易爲柯。毛羽苟不豐。飛鳴復柰何。不見田中雀。見粟自悆羅。尾短腹復小。含食隨烹和。黃雀釜中泣。鷂子天上摩。食肉而高飛。矰繳誰能加。寄聲謝黃雀。他日無相過。

（11）**艷歌何嘗行**

何不快。獨求憂。川谷崎嶇。其道苦幽。〔一解〕大者當淩白日。志摩青天。其次服食鍊氣。往來浮丘。〔二解〕宑〔註 32〕下幸得居官爵。食肉躍馬建奇功。塞外賞賜金帛。奴隸封王侯。〔三解〕但當辭天子。殿上歸來田里。齊謳越唱。竝坐相戲。〔四解〕丈夫富貴。各思終極。時命一去。不可強留。〔五解〕少年起蓬藜。局促常苦饑。厚德久不報。天滄浪。豈如黃口小兒。平心善事。君巧拙。良可知。上思周公吐哺。下思黃大之悲。柰何鬢短心彷徨。戚戚徒爾爲。〔六解〕

（12）**煌煌京洛行**〔代子桓本意〕

煌煌京洛。風雨是平。九鼎作鎮。周公以經。三塗屏蔽。二崤肅

〔註 31〕文本亦收錄於「壬申合稿」，卷之五，頁 593。其詩題名爲：〈飲馬長城窟行〉。「邉虜日夜僾」作「胡虜日夜侵」；「獨吾長城戍」作「獨吾長城戍」。

〔註 32〕原文爲異體字。以下皆是。

清。奉春建策。去而勿營。〔一解〕其後真人。乃起南陽。聿開東京。
漢道再昌。功名雲臺。禮樂明堂。明章之際。威揚殊方。〔二解〕物盛
而衰。迨其季世。竇梁迭起。何多興廢。憤積黃門。兵召邊鄙。洛宮
之燒。咸陽同熾。〔三解〕實惟我王。投袂應時。迎遷於許。天子是依。
擴清河朔。薄伐二陲。遂有三臺。千祇垂衣。〔四解〕

（13）門有萬里客

門有萬里客。車馬何煌煌。云持天子節。奉使之殊方。初求大宛
跡。行役逾燉煌。後通西南夷。承命服夜郎。經歷百餘國。傾仄皆窮
荒〔註33〕。奇物入漢郊。異迹聞西王。夙昔蒙至尊。寵異驚非常。上
書朝拜見。賜爵暮爲郎。丈夫感意氣。鬢髮隨星霜。豈能學兒女。弄
姿于帷房。幸少報恩私。鑿空亦開疆。庠人集上林。一舉萬年觴。崑
崙行可至。海外殊未詳。不及三青鳥。八表同翱翔。

——文本摘自清‧李雯撰，四庫禁燬書叢刊編纂委員會：《蓼齋集四十七卷‧
後集五卷》（北京：北京出版社，1997 年 6 月，《四庫禁燬書叢刊》清順
治十四年石維崑刻本），第 111 冊，集部，頁 227～237。

《蓼齋集‧卷五‧樂府（三）》

1. 擬楚調曲

（1）泰山梁甫行

朝行泰山上。日暮望滄波。傷哉中原人。白骨何其多。衣冠羨馬
牛。美艷隨干戈。狐兔猶悲號。爲人將奈何。

（2）東武吟行

僕本幽并士。結髮事戎行。縲縲出上郡。雕鞬馳漁陽。初從韓大
夫。誘虜馬邑旁。後隨衛將軍。長驅置朔方。選技登五挍。猛志縛賢
王。戰血洒燕支。侵骨皆胡霜。黃金用已盡。主將亦已凶。置冢象廬
山。將軍居中央。新壯思高勳。衰老還故鄉。近聞將軍第。敕與他椒
房。又聞牧賜田。吏呵不可當。沒時衣珠襦。今已炊白楊。僕幸無高

〔註33〕原文爲異體字。以下皆是。

爵。脫身牧牛羊。時復過塚廬。涕下爲沾裳。

（3）怨詩行

明月出東隅。窈窕居雲端。下有傷心人。獨行鳴珮環。〔一解〕獨行將何爲。蕩子不顧歸。三年棄芳澤。寶髻無容輝。〔二解〕羅袖隨秋風。芳草寒素池。望君如朝霞。思君如亂絲。〔三解〕蕭蕭白楊樹。葉落風吹去。相思不能言。躑躅看長路。〔四解〕山川萬餘里。遠望安可知。願作凌風雲。連翩西北馳。〔五解〕不苦浮雲沒。但苦君心心〔註34〕非。君心諒不虧。萬里長相依。〔六解〕人情易衰變。遠道生狐疑。愛至怨亦深。妾心君自知。〔七解〕

（4）怨歌行〔註35〕

幽蘭生君側。託體自言芳。何期遭毀折。棄擲實路旁。意苦常見疑。情深固難量。伯奇帶冰藻。行歌心內傷。班姬既下車。遠愛如探湯。念君庭戶深。青蠅居帷墻。自復隔衾裯。險阻安能詳。絃絕有餘音。鏡缺有餘光。親者雖自親。寄生依空桑。疎者雖自疎。玄鶴應清商。同氣苟不乖。何必愁履霜。

（5）倢伃怨〔註36〕

凤昔承彫輦。君恩不敢當。春風移碧草。夜月換金床。玉甃隨霜白。宮鴉帶日黃。登樓聞鳳吹。歌舞在昭陽。

2. 擬大曲

（1）滿歌行

我生未幾時。憂時難爲。復不得志。仄行卑居。望天而嘻。俯視微躬。塵飛風馳。但如毫末。安知我悲。〔一解〕皎皎多析辨。擾擾殊不平。道烈薰芳。古人所戒。丹白不形。或有一道。以夷我情。自愧

〔註34〕疑有贅字。
〔註35〕文本亦收錄於「陳立校本」，卷一，頁4。「絃絕有餘音」作「弦絕有餘音」。
〔註36〕文本亦收錄於「陳立校本」，卷六，頁118。「夜月換金床」作「秋月換金床」。

區區。暴〔註 37〕此薄英。〔二解〕赤風六月。昔度易水。於心徬徨。雞
不得鳴。犬不得吠。狐鼠翔舞。負日如霜。父仇〔註 38〕不報。如何敢
忘。〔三解〕窮達天爲。非我所憂。但懼霜露。草木是遒。密戚叩轅。
齊桓自謀。管仲忍死。以匡諸侯。一君二臣。同名千秋。〔四解〕置酒
高殿。明鐙煌煌。我有嘉賓。鼓瑟吹簧。但願世平。屢舞蹌蹌。獨我
後來。遊車振軮。飈風吹衣。蟋蟀在牀。繁華可擷。桂樹秋芳。言念
君子。百爾未央。〔五解〕

3. 擬吳聲歌曲

（1）子夜歌

風吹門薄開。洋洋見子度。樹上兩鳥巢。識我門前路。

蓮是藕所爲。藕深蓮亦長。天故堅人意。使儂遲見郎。

夙昔明月裏。婉伸就郎抱。六角曲屏風。底障儂顛倒。

自從歡別來。明月臨青苔。顧影綺牕裏。羅幃風自開。

辛苦始一通。倉卒別離起。石闕辭深山。作碑今始爾。

見歡善綢繆。傾懷暫相得。練絲落藍池。無處得青白。

寶鏡摩復摩。羅裳結復結。被歡粗疏誤。教儂更精密。

誰能饑不食。誰能別不思。密竹繞四簷。觸目見生籬。

語儂三月別。已作一乍行。空持黑白子。有棋都無枰。

朝望出前門。暮望登後樓。西風吹荷葉。蓮子經時秋。

來時亦匆匆。去時亦欸欸。兩磨連中心。教儂如何鍛。

持碗不知口。繰絲不識緒。門前黃檗山。惟苦昏人意。

惻惻復惻惻。惱歡無氣力。裁葛覆燈籠。照子粗無匹。

歡若結蓮時。眠坐芙蓉裏。濕我紅羅裳。當時見蓮子。

不識楊白花。乃作浮萍草。本是無根株。但逐春風好。

妾作博山鑪。珍重懷裏熱。歡作水銀珠。輕滑常欲脫。

〔註37〕原文爲異體字。
〔註38〕原文爲異體字。以下皆是。

行龜語石龜。載碑何時了。若待破碑時。儂亦埋青草。
自歡出門來。桃花亂流水。春蠶死絲中。何處得蛾子。
一息不能寐。宛轉羅衾間。離却鴛鴦枕。卷起蚩蚩氊。
本托初情密。初情日不敷。黃楊琢却月。何意忽成梳。
別歡無幾時。萱草已映道。昔爲忘憂花。今成斷腸草。
攬鏡未安臺。雙眉已欲鎖。敗却柑子叢。送我黃檗塢。
紅錦繡角枕。粉淚交成汙。深夜踏牛洴。不見蹂痕數。
寶髻芙蓉心。腰帶珊瑚色。獨持可憐意。要共春風惜。
思歡坐無聊。相喚博陸子。盧雉俱不得。輸籌滿屋裏。
愛念懷百思。絞聯情不已。身非銀井牀。中有轆轤子。
明月照氍毹。銀燈羅象牀。不入郎君懷。那聞荃蕪香。
歡來心太忌。歡去情何駛。斷纜語敗枋。夙有相關意。
鵲尾埋朱火。沉香吐緣烟。與歡結襟袂。重拜月華前。
水晶持作簾。明月當牎過。心知凉薄爲。猶喜風情露。
常笑負情子。儂今身自當。櫥頭燒方相。俊人果不祥。
春風蕩羅裙。使儂繡帶寬。懷情上高閣。淚落如波瀾。
與歡作鄉里。甘苦亦非一。早踏冰上霜。始見薄寒跡。
久復不接聯。暫得一携手。迭離自然香。芳情滿懷袖。
四月薔薇花。婆娑牎戶間。儂看華艷意。罔次得人憐。
五更烏桕樹。冥冥鳥啼去。寶帳覆芙蓉。恐教蓮子露。
墻裏棗〔註39〕行熟。歡行墻外盻。但盻何所爲。棗落靡他潤。
潤時盛殷勤。權後轉落托。一日織千簾。那當此忌薄。
相去亦不遠。出門見襟袂。頗聞路旁兒。道歡好身臂。
儂髮初覆眉。從郎相共戲。生長芙蓉塘。少小見蓮起。
初期白門前。後約橫塘上。歡非江河神。那得如許浪。
儂持白玉鍾。與歡作懽盃。角枕似增麗。羅衾了復開。
月白東西廂。冶容見子度。歡情觸面新。那畏零秋露。

〔註39〕原文爲異體字。以下皆是。

秋露雖已涼。儂心定應暖。千蠶合一經。不苦抽絲斷。
宿昔初對鏡。歡從背面來。雙影同一照。攬抱通中懷。
送歡出門來。柘落無支柱。風吹甘叢香。苦成黃蘗路。
紅藍語臙脂。我紅汝不白。顏色既相憐。牽染亦不一。

（2）子夜春歌

青山秀黛色。碧草如羅裙。小開鈿車戶。何意忽逢君。
曉風濯初柳。黃鳥度曲池。徘徊錦屏外。觸緒成春思。
晏景流方媚。芳條吹易成。羅裳覆春草。誰信獨無情。
含笑薔薇亭。太息辛夷閣。本是春風生。還被春風落。
散步鮮〔註40〕雲多。新林雜花好。不恨杜鵑遲。翻愁紫蕤早。
陽春動華景。百草自言妍。那舒芳蘭氣。獨歎明鏡前。
爲愛春花枝。採植窓〔註41〕戶裏。可憐頯頷容。先別春風夂。
三月桑始柔。春心如蠶紙。僅得一日溫。密密抽絲起。
莫作菖蒲花。明目一朝歇。願作菖蒲根。辛苦相縈結。
□袖囘芳樹。新歌揚妙聲。但使歡情在。春風爲儂生。

（3）吳歌

樊城樓上鼓。漢水岸下船。雖復不相識。使儂泪交漣。
漢水岸下船。樊城樓上鼓。相送一夕間。教人不得住。
荊江春可遊。夏口冬可涉。儂淚無多春。滔滔何時歇。

（4）上聲歌

促柱張哀絃。爲郎作上聲。蕭葦滿邊岸。感動春風情。
五更烏頭白。曙鼓入幃裏。攬裙復結帶。曉行不堪紀。
三月楊柳枝。婀娜隨風結。本是合歡時。如何見乖別。
紅羅約儂臂。錦帶繫郎腰。相存羈束意。珍重可憐宵。

（5）歡聞變歌

綺閣蜚翠簾。玉牀琥珀枕。喚歡歡不聞。情懷祇自恨。

〔註40〕原文爲異體字。以下皆是。
〔註41〕原文爲異體字。以下皆是。

語歡來徐徐。欻然下庭戶。窗鳴樹復搖。教儂汗交墮。

持膠雀不至。雀至膠復晞。歡作黏雀兒。何不逐雀飛。

剪紙作飛鳶。骨瘦無準擬。放着浮雲端。牽曳春風裏。

銳釵割臂血。燒香明鏡前。交頸重泉下。美死見雙憐。

布帆何霍霍。駛下楊子津。船作木蘭氣。聲是秣陵人。

玉龍銜明珠。華鐙照綺疏。思歡歡不聞。明月清娥娥。

歡來不洋洋。去亦不踽踽。攀折庭前樹。心膽大如屋。

打氷還作糜。糜熟氷無處。郎今食糜時。不知氷上苦。

刻木持作梟。殺子未遑食。聞歡有他心。反被傍人得。

金盤剔指血。丹書焚上天。中有相思字。結成綢繆烟。

青舫何奕奕。蘆葉何修修〔註 42〕。歡行西塞山。妾盼石城頭。

（6）前溪歌

黃葛生山頭。持蒿作伴侶。托根幸相近。何不稱鄉里。

歡從前溪度。水漸白練裙。門前彎環月。分明猶爲君。

瓜瓞綿道旁。中有合歡子。望歡東武亭。抱蔓歸屋裏。

金刀裁尺錦。破却天鳳圖。任儂織紕巧。詎知得合無。

殷勤感歡情。百草爲儂生。儂作女貞樹。歡爲浮水萍。趂着多逢迎。

（7）阿子歌

阿子復阿子。念汝好風流。明月羅襟袖。華星淡清眸。

沙頭惱啼鴨。雄鳴雌故隨。顛倒中絃落。無復有雙飛。

百鳥窗前鳴。喚我雙鴨子。水急浮萍斷。展轉風流夆。

（8）團扇郎

團團白團扇。故作遮〔註 43〕郎面〔註 44〕。郎若負情儂。隔影不相見。

〔註 42〕原文爲異體字。以下皆是。

〔註 43〕原文爲異體字。

〔註 44〕原文爲異體字。以下皆是。

可憐團扇郎。素腕清無雙。扇是腕中物。上畫雙鴛鴦。
妾作白團扇。郎作清涼風。涼風不可大。但入羅襟中。
團扇復團扇。明月當人面。不愁明月虧。所畏秋風變。

（9）七日夜女郎歌

微飈期素月。玄露應明秋。持此懷歡意。徃涉長河流。
長河霧波淡。漢曲玄津偓。出霄羽駕遲。溯風雲佩歛。
層悲動河鼓。逸怨起匏瓜。暫避相思路。為通雲錦車。
久貯三春歡。來為九秋會。歲月幸自多。並在雙情外。
可憐燕婉夕。還作離別時。手劉芙蓉根。藕斷忽成絲。
霧匹不久處。天路懷長川。渺渺河漢波。是儂淚交連。
牽車向玄渚。囘鵲盼星爛。未展崎嶇意。不盡綢繆言。
鸞驂〔註45〕且停御。鳳管為罷聲。今離自耿耿。昔歡未分明。
飛星儆別緒。華月照離顏。悲吟機杼側。躑躅已千年。

（10）黃生曲

黃生佻達兒。強與儂歡遊。昨日出門去。瞑宿〔註46〕他家樓。
儂歡亦蕩蕩。意氣殊不上。本無流水心。那得浮花浪。
家果落戶裏。野果隨人攀。兩果一時熟。歡當定誰憐。

（11）碧玉歌

碧玉下車時。婀娜青絲鬢。手持白玉卮。膚色了不異。
碧玉小家女。感君慰藉新。願托朝霞色。答君瑤〔註47〕華音。
碧玉坐匡床。左右荃蕪香。更延明月影。為君嫛明璫。
碧玉持紈扇。含情無所言。雖復烌風裏。猶知懷袖恩。

（12）桃葉歌

桃葉江上渡。乘船不掉櫓。來時春風來。去時春風去。

〔註45〕原文為異體字。
〔註46〕原文為異體字。以下皆是。
〔註47〕原文為異體字。

桃葉連桃根。木是雙姊妹。儂爲作計深。那得兩佳對。

（13）答歌

桃葉江上花。臨波見容媚。不敢向他人。感郎春風意。

桃根復桃葉。何處不相連。雨露旣同澤。根株寧復偏。

（14）長樂佳

重閣流蘇〔註48〕帳。葳蕤四面紅。枕歡白玉枕。開著當春風。

（15）懊儂歌

高檣白布帆。珂峨赤馬船。送歡廣陵下。淚落層波間。

紞如江上鼓。催郎宿牛渚。不言風波惡。此聲惱人許。

妾作刻漏水。涓涓不可斷。郎作相風烏。一日數回轉。

白門門前柳。烏啼欲曙時。歡乘舴艋去。托落秋風飛。

鐵斧煮湯雞。無薪安可爲。未得溫汝肉。空見殺傷時。

哶哶山上羊。自食山上草。歡行饑鵠心。見雀都欲抱。

歡上鴨頭船。妾下芙蓉閣。秋風摧桐樹。梧子懷中落。

懊惱奈何許。江陵三千三。黃檗語諸蔗。教儂何處甘。

（16）華山畿

儂今大織作。晝夜庭不眠。紉素未成匹。中心自可憐。

夜相思。蠶子如鍼細。纏綿在何時。

朝相思。鳴雞應五鼓。常自暗中啼。

啼相憶。奪壺激〔註49〕兩箭。雙嬌並相失。

啼悲曙。流淚溢江波。乘舟隨淚去。

奈何許。枕被一相違。便有羊腸路。

奈何許。本是天下人。使我懷辛苦。

散復愁。斷岸傾石碣。碑題日橫流。

山頭望。化作石頭人。風雨常相向。

〔註48〕原文爲異體字。以下皆是。

〔註49〕原文爲異體字。

梁上蟹〔註50〕。爲汝無心腸。終當不相解。

女蘿絲。相牽在何處。當念著根時。

砧上杵。明月曳涼風。硻硻只念汝。

懊恨不得語。瓜瓞延浮槎。差池錯纏汝。

且莫相浪許。三兔伏一叢。鶻突誰當爾。

齧臂作何事。薜蘿穿薄牆。竊入他家裏。

儂作大癡人。舍歡去時恨。更轉來時心。

喜怒何倉卒。不是識心情。誰解相唐突。

罷坐復登樓。刳腹作敖倉。胷中自唱籌。

一別復一親。不見風雨夜。那知華月新。

一歡復一怨。既喜上弦弓。又畏離弦箭。

心中何搖搖。黃魚去腹白。何處得生膠。

思歡不能止。三峽夜中猿。悲啼觸人起。

歡情難可捉。海舶遇尤風。見渚都欲泊。

昨聞歡信通。芙蓉刻石闕。蓮子生碑中。

（17）讀曲歌

秀頰眉葉長。淺服羅襟香。不知春風意。故動雙明璫。

辛夷與木蘭。結根自相匹。莫摘蘼蕪花。刺刺終無實。

高樓臨廣陌。盼歡笑不止。萬頃芙蓉花。何處見蓮起。

送歡出行遊。道從古墓田。石龜覆春草。誰識碑中言。

儂今大採桑。嚼嚼飼蛾子。筐薄語眠〔註51〕蠶。子終爲絲朹。

涼秋八九月。芳草無由生。金風動玉除。梧子傷人情。

故解相唐突。擲還白玉釵。未得兩囘喚。颭入郎君懷。

解儂金指環。朱繩繫郎臂。剀絲染黃蘗。辛苦纏綿意。

別時作何言。歡今野□去。釜底畫星文。藏天在何處。

脫我繡袂襦。還君雞舌香。翁仲謂方相。知汝無心腸。

〔註50〕原文爲異體字。

〔註51〕原文爲異體字。以下皆是。

約歡人定後。潭如打五更。黑白同一簏。見碁不分明。

楊花不作意。東風更吹滿。歡行殊不歸。交儂心欲亂。

與歡游後園。華艷兩相顧。扰起將離花。更種相思樹。

思歡不得眠。明燈復暗暗。壺傾漏將盡。夜籌不得緩。

誰知本負情。使儂恨相憶。藕根牀上萎。蓮子被裏泣。

儂行中道疲。歡遣驊騮接。得匹便相隨。詎意有差跌。

密密作諧語。出門殊不然。芙蓉畫背後。知子負儂蓮。

一見未成笑。百憶只欲啼。卜師不炷艾。祇爲守空臺。

經時不復來。暗中逢播搈。四月作清醥。固知成桑落。

初時常苦瘦。別後益不肥。躑躅滿山中。顏色固難齊。

誰教歡故來。掉臂作行路。海岸濶如天。裝橋欲何去。

踏拖何處來。嬉笑了不歇。花心語游蜂。不爲儂作蜜〔註52〕。

聊得坐相親。別來果如許。鏡背作盤龍。那得曌見汝。

牀前燭心長。還自燒幾回。獨明夜日。被春風消。

明月上。耿耿夜烏啼。一蠶不食葉。知是獨眠時。

所歡不可料。黃柏生口中。辛苦誰能道。

所歡子。側金打跳脫。華艷侵肌理。

所歡子。楚楚安在間。使儂淚交耳。

花上露。泫泫向儂下。懷情無處所。

思復嘆。緪絡憐銅瓶。牽挽儂不斷。

濯足經藕塘。秋風遂顛倒。不見芙蓉花。蓮子心中老。

歡持罷儂心。言緒日三四。金椎直釣鈎。詎有成針意。

初〔註53〕持諧密情。更作別離味。石蜜浸黃連。甘〔註54〕苦相暗會。

兎絲交黃葛。自言兩纏綿。百年無霜雪。何羨松栢堅。

〔註52〕原文爲異體字。以下皆是。
〔註53〕原文爲異體字。以下皆是。
〔註54〕原文爲異體字。

爲愛薔薇花。不怕薔薇刺。鈎帶復牽裾。鬢髮重料理。

朝日織縑絲。日暮機頭斷。不苦得匹遲。更愁尺幅短。

門戶無重重。結歡居市口。屠見割豬肪。常苦不得厚。

歡開山藥肆。百草能自說。有意問連翹。無心看獨活。

視我言欻欻。出門蕩然去。蓬□作土牛。肝腸在何許。

養蠶七八筐。謂有得綿理。一朝盡飛去。都成空薄子。

歡作木蘭舟。儂作木蘭楫。泛灩清波裏〔註55〕。教儂不相脫。

方罫三百六。黑白自斷續。本是兩人碁。奈何無邊腹。

別來三四年。敘言都至曉。江圖萬里曲。欲畫何能了。

與歡買尺幅。自上三葛店。面細懷裏粗。教人難覺看。

陽春二三月。桃李齊作妍。出尸蹦屧〔註56〕子。春風墮儂前。

桃花落已盡。李花未渠央。手持白羅扇。花釵正低昂。

甘蕉引人長。海榴正堪把。新著越布衫。打馬梧桐下。

語歡晚行遊。薰枕更籠被。登樓看夕陽。烏啼亂無次。

音信了不至。抱枕空閣裏。魚雁無程期。但使風吹爾。

贈歡合歡扇。邇來了不持。春牛犁水田。那許獨無泥。

持綿作紵衣。却月多重疊。欲禦身上寒。願得懷衣熱。

歡騎紫騮馬。連錢錦障泥。踏入落花去。但見花中蹄。

柳綿不可持。郎心定難捉。日日織懸簾。底情爲誰薄。

畫水作芙蓉。浮花豈容爾。傾池搜藕根。定得真蓮子。

妾著葛裲襠。郎贈金薄履。懷子華艷情。坐我粗疏裏。

（18）黃竹子歌

黃竹緣江居。但知江水好。截作流黃簞。無心處羅幬。

——文本摘自清・李雯撰，四庫禁燬書叢刊編纂委員會：《蓼齋集四十七卷・後集五卷》（北京：北京出版社，1997 年 6 月，《四庫禁燬書叢刊》清順治十四年石維崑刻本），第 111 冊，集部，頁 238～250。

〔註55〕原文爲異體字。
〔註56〕原文爲異體字。

《蓼齋集・卷六・樂府（四）》

1. 擬神絃歌

（1）宿阿曲

天門啓玉節。地戶發金符。神官盻人間。羽騎揚尊華。

（2）道君曲

中林百木。梧桐最高。神君所宿。朝暮扶搖。

（3）聖郎曲

來亦聞蕭蕭。去亦聞肅肅。青虹翼郎軒。

錦霞覆郎足。酒如石蜜甜。靈顏曜林曲。

（4）矯女詩

明月照江波。迢迢江上樓。綠水揚妙曲。

芙蓉間華舟。餘音猶可聽。彷彿隨清流。

美人去若來。窈窕山之間。上隨浮雲舒。

下臨江水寒。瑤華欲有贈。寄言雙飛翰。

（5）白石郎曲

白石郎。遊江波。陽侯爲御鳴靈鼉。

積沙如雪。層山如雲。郎嬌無雙。戲弄江漬。

（6）青溪小姑曲

嬋娟青溪。小姑獨處。爛若華星。不可得語。

（7）湖就姑曲

斕斕赤山頭。江波四五月。綠帆亂清流。

菀菀湖就渚。大姑載明璫。仲姑張翠羽。

（8）姑恩曲

神姑理玄陰。杳藹風雲間。前驅長離鳥。後策開明獸。神車何班班。

亭亭山上松。言是姑車葢。冬夏常蒼蒼。千歲邀靈鸞。

（9）採蓮童曲

採蓮江南來。蓮子清如玉。爲牽菱刺多。更起鴛鴦宿。
東湖採蓮花。西湖養蓮子。香風起白蘋。明霞照秋水。

（10）明下童曲

日暮看羊車。玉童清無比。誰家青樓下。戲擲真珠子。
繡帽珊瑚鞭。皓腕青絲勒。日暮三山頭。不惜春風力。

（11）同生曲

同生自相喚。不解相藏匿。自識春風來。更被深閨惜。
夙昔初照鏡。額髮常相齊。自言同生好。果成連理枝。

2. 擬西曲歌

（1）石城樂

生長石城下。門對竟陵水。眺矚臺少年。通脫滿懷裏。
百花自妍媚。採摘明髻鬟。一日數攬看。常恐華色闌。
素舸纏蛟子。知是儂歡船。布帆爲誰作。使儂泪交連。
大舳十餘丈。小舳五丈餘。風吹橫木落。教歡作還書。
何處方山亭。勞勞生別思。湯爛棠杜子。若識熟梨味。

（2）烏夜啼

黃衫騎白馬。到儂門前下。顏色可憐姣。芙蓉那得假。
門前向何處。斜對瀟湘路。婀娜龍子帆。作抵乘波去。
去去不可追。門前烏夜啼。君在長江東。妾在長江西。
望君如流水。思君如蓮子。風吹紅楝花。落在烏巢裏。
烏長巢欲傾。啞啞枝間鳴。一母將九雛。游月復飛星。
星明見烏翼。妾見烏頭白。深閨懊惱多。雲路風烟積。
風烟積不收。懷歡上巴州。拔蒲蒲已老。採蓮蓮花秋。
蓮秋復奈何。江上青帆多。不及城上烏。夜夜嗚嗚嗚。

（3）烏栖曲

織成錦屩雙芙蓉。開窗發鏡花背紅。

誰能不語頻惆悵。夜見黃姑宿天上。
薔薇著刺青綾帕。罘罳雀語春風夜。
不知蝴蝶爲誰來。丁香小字紅粉灰。
榆莢辛夷覆狹斜。琵琶水曲青樓家。
從此留君那得去。末蘭舟繫相思樹。
冰腦作鱗麝爲月。金鴨吐香鴉頭襪。
此中可憐獨問君。東風翠帶寬羅裙。

（4）估客樂

歡遊樊鄧歸。儂迎平津泊。可憐紅越帆。垂垂向儂落。
廣州烏木香。渠盌連丹翠。百貨儂盡諳。莫買鮫人淚。

（5）襄陽樂

結束欲何去。云往上襄陽。奪歡鍮石篦。濕我芙蓉裳。
儂作鈴子幰。綵絲綴流蘇。照燿大堤女。花艷當何如。
宜城酒可食。大堤女可攬。悔聽襄陽來。今果不知返。
歡愛槎頭魚。儂養淘金鴨。食魚忘魚檀。養鴨苦狸囓。
昨聞廣陵信。催歡下揚州。莫作檣頭烏。鼓翅隨風流。

（6）三洲歌

三洲望江口。帆檣如芒錐。遠行浮浪子。風流當爲誰。
一灘下一溜。船行如風飛。願作百幅帆。千里送郎歸。
廣州玳瑁簪。成都熟錦帔。龍涎飾寶帳。爲歡成容姿。

（7）躑銅蹄

白馬絡金羈。綠幘人如玉。不是襄陽兒。那知銅蹄曲。
芳草非一色。同是愛春風。逐歡銀鐙下。牽染綠踠中。
姜家宛水上。碧瓦朱闌干。識君繡袂襦。知君鏤衢鞍。

（8）江陵樂

何處踏蹍來。江陵枇杷寺。脫落同心綹。歡從暗中繫。
蹍場增築時。四面種楊柳。牽儂紅錦絹。搖蕩春風久。

家在渚宮岸。門望章華臺。青舸龍畫帆。常帶朝雲來。

（9）青陽度

繰絲作尺幅。裁幅成歡衣。本是一疋練。何多離合時。
百和搗衣香。臨風付金杵。輕素爲誰容。藁砧我憶汝。
東風動楊柳。百鳥戲門前。鴛鴦打不散。孤鳧喚不聯。

（10）青驄白馬

青驄白馬紫連乾。可憐嬌行大道邊。
栝梁崟峩鬱如霧。石橋窈窕巾車路。
繫馬可憐垂柳枝。珠樓雜管清靡靡。
五湖春風織如幕。君乘飛黃那得度。
芙蓉夾道踏歌聲。逢著可憐馬不行。
爲問車中西曲娘。可識馬上黃衫郎。
爲問馬上黃衫子。可緩垂鞭金犢尾。
齊唱可憐使人愁。征馬三嘶淚交流。

（11）那呵灘

人言江陵樂。郎今果行許。何處攬郎裾。妾自蕩船去。
泝灘高百丈。風檣樹如針。儂舞千斛線。可用解思心。
歡若上灘時。折篙櫓亦裂。歡若下灘時。水波同一發。

（12）孟珠

人言孟珠冶。繡帳羅象牀。七寶鏤文枕。鬒髮自生光。
陽春二三月。游絲滿天來。歡踏百花去。幌幌投儂懷。
菖蒲花可憐。得儂不曾識。暫置歡袖間。馨香滿人臆。
菰米初熟時。持甒付歡去。莫持飽他儂。令我作甌箸。
陽春二三月。黃鳥遊後園。解郎千里帶。果然中心寬。
日暮定歡期。星明月欲曙。搖櫓復張帆。逐歡風流去。
渴歡三四年。相得未淹久。儂如女條桑。委體著郎手。

可憐秦淮水。湜湜貫中流。青槐覆道側。芝草生殿頭。

（13）翳樂

少年結相憐。兒女各妙麗。攜手房櫳中。不知離別事。
春風動羅袖。相將舞翳樂。華艷一朝鮮。歡看恨未足。
人言廣陵佳。廣陵信自佳。歌舞諸少年。顏色菖蒲花。

（14）夜黃

屋下青頭雞。飛向灘邊宿。湖中百鳥棲。雙雙過儂日。

（15）黃督

僑客三春暮。獨行望歸舟。心思浮萍草。亦得隨春流。
牽車下墇坂。故人持我衣。車小不共載。日落牛行遲。

（16）白附鳩

石城三山橋。送歡勞勞渚。酒知離別味。但飲當相語。

（17）作蠶絲

柔桑耀中春。密葉如帷帳。垂垂碧玉枝。交加兩相向。
春蠶繞筐走。吐絲不可治。終無作疋時。空有纏綿意。
十蠶付湯火。一蠶出繭戶。為告得疋人。知我抽絲苦。
雜絲染作錦。青絲織作素。錦素一時完。看歡當何顧。

（18）楊叛兒

寶碗餤犀渠。流離持照天。珠網覆紅羅。玉質相煇娟。
暫經臺城下。楊柳拂青閣。儂作葳蕤鎖。歡作金魚鑰。
送歡白門外。遭風故不前。結纜復安碇。為儂獨留連。
四角龍子幡。喚郎張復張。白馬金絡頭。楊花滿路旁。
常苦蓮不足。廣種芙蓉田。能生萬斛藕。自有千丈蓮。
儂家西洲住。迎歡至新亭。亭樹覆郎行。
夜合生中房。自言是佳草。馨香通中心。雙枝自相抱。
楊叛新成曲。柳花逐好風。金墻高百尺。飛過獨憐儂。

3. 擬江南

（1）江南弄

江上晴雲照空淥。越帆青舫臨江曲。別浦初逢紈扇郎。迴波隱映釵頭玉。蓮子清新明月黃。妾家本住芙蓉塘。碧簾細影朱蘭穗。羅幌微風綠桂香。庭前愛種梧桐樹。紫燕雙飛朝復暮。不須紅袖更相招。翩翩自識江南路。

（2）江南曲〔註57〕

碧雲江上合。明月樹端生。共訪江南路。難為日暮情。春光憐楚袖。別怨弄秦箏。一作龍吟曲。嘗聞波浪驚。

妾住橫塘上。君居揚子橋。門前垂柳綠。樹下玉驄驕。畫舫乘春漲。菱歌急暮潮。懷香欲有贈。行露未全消。江頭雙比翼。暮暮復朝朝。

玉檻春愁促。銀河秋浪深。樓中宜遠望。江上果幽尋。拾翠分霞渚。投珠共月陰。吳山烟際沒。越鳥曲終吟。送妾芙蓉岸。思君楓樹林。

天雞弄海日。青雀起吳風。草色紅潮合。江流碧霧空。花間攜素袖。果下結芳茸。惜別曾無異。懷春怨不同。遂持波際月。長照畫樓中。

錦纜明春岸。紅樓出曉妝。帳中雙菡萏。溪上兩鴛鴦。向月圖黃淡。臨風帶繡長。自憐羅袖薄。當近迷迷香。種得相思樹。鄰君白玉堂。

湖上懷春女。臨波獨浣紗。清眸凝遠岫。素手濯明霞。弄影迷湘浦。含吟向若耶。水迎木蘭楫。郊駐碧油車。日暮南林彈。相看白鼻騧。

水縠桃花雨。風簾紫燕衣。流光常潋灩。遲日正芳菲。平楚川虹落。江樓畫艇歸。烟中黃鳥度。蘋上白魚飛。折柳方春暮。徘徊蠶欲飢。

（3）採蓮曲

盈盈川上女。薄暮試輕舟。窄衫金跳脫。綠水映清眸。荷葉田田江月好。相看盡是芙蓉道。木蘭舫上未歸人。揚子灣頭獨去鳥。輕將羅

袖折荷花。共笑明妝勝若耶。紅裙濕浪疑香雨。碧刺牽衣弄晚霞。風廻桂檝愁難舉。花寞烟深隔溪語。誰家少年踏浪兒。橫著青篙向南浦。

（4）蕭史曲〔註58〕

秦樓望若雲。渭水平如縠。當時吹簫女。弄影秦川曲。峩峩月照臺。淡淡宮花開。仙人蕭史至。鳳鳳隨之來。鳳凰旣啣裾。紫鸞復承翼。雙飛翠戶中。並作升天客。天上何茫茫。玉簫吹未央。誰云兒女意。更入碧雲長。

4. 擬舞曲歌辭

（1）獨漉篇〔註59〕

獨漉獨漉。水深波惡。水深可航。波惡難梁。啾啾鳴蟬。呼噪林間。吾欲翳之。歎子清廉。身有寶刀。字曰孟勞。犀象不得。奚爲蓬蒿。使獺豢魚。誰握其喉。鶚鳴中堂。亦誰之羞。多營深藏。不可自喜。狡兔三窟。其皮在市。爲盜開門。孰云吾恩。斧柯授人。乞活安存。

（2）碣石篇

代觀滄海

北經崑崙。遙望九野。洪塵如波。迷覆車馬。川谷勃窣。鳥獸相蹠。往來風雲。日月遞起。機警萌動。不可得休。權智相弊。下可得止。幸甚至哉。歌以詠志。

代冬十月

凉秋九月。蒼鷹羣飛。平原草衰。白楊淒淒。胡馬北驅。越鳥南歸。猛虎在穴。日暮多威。秔稻旣穫。鳥鵲登場。曰擊圈鼓。以享牛羊。幸甚至哉。歌以詠志。

代士不同

邊土朔風。貂氎蒙茸。彎弓霜下。指墮草中。纊不屬體。冰雪堅

〔註58〕文本亦收錄於「陳立校本」，卷一，頁4。「鳳凰旣啣裾」作「鳳凰旣
　　　街裾」。

〔註59〕文本亦收錄於「壬申合稿」，卷之五，頁588。「狡兔三窟」作「狡兔
　　　三穴」。

壯。狐食溝中。鵰呼天上。將勇者飢。仗戟支頤。身無長策。部曲違離。幸甚至哉。歌以詠志。

代龜雖壽

利劍雖决。試以象犀。良玉在璞。誰知懸黎。神龍高臥。身載風雨。傑士卑居。志度萬里。功名之會。不但多才。和謙之度。以臣雄猜。猜甚至哉。歌以詠志。

（3）淮南王篇

淮南王。自言賢。鍊形隱術求神仙。裁雲作裾霞爲裳。左持神芝右玉漿。飲玉漿。思黃屋。黃屋高高安可得。仙人棄我如遺跡。朱顏玉骨美少年。悲歌起舞聲入天。聲入天。亦難駐。傾君丹砂廢金箸。宮中羅袖三千人。飛入紫烟共君御。

（4）四時白苧舞歌

春風照灼光露華。開牕起幌承明霞。菖蒲花暖碧玉家。紅瑰淺笑彈琵琶。小院珊疏香曲曲。妙舞廻波動纖束。長歌短夜歡不足。芳苡蘭膏爲君續。

芳塘玉砌芙蓉池。妍歌綠水弄江蘺。輕容素膚皓腕垂。紫桐當檻高低枝。白蘋風發菱花浪。捲上朱樓對青舫。延娟自舞凉珠上。不用流蘇翠羽帳。

銀漢闌干夜未央。秋娥玉管隨風長。瓊瑢珊珊寒夜光。清砧明月不相當。商絃入指鴈飛急。洞庭初波帝子泣。凝思咽怨爲君集。願爲雲中雙比翼。

甲煎夜燃紅袖低。鳳笙龍笛驚天雞。問誰觀者騎駃騠。颭然贈我雙犀箆。銀釘華燭歲將晏。江上解魚冰欲斷。別鵠悲凄寡鳳嘆。此時侍君那不亂。

（5）白苧詞 [註60]

美人起舞舞七盤。手持明巾拂朱顏。玉蒠婉約金翠環。流波逞逸

[註60] 文本亦收錄於「陳立校本」，卷一，頁 6。

爲君妍。沐以清風芳以蘭。冉冉不絕如雲間。傾心送君君不言。玉壺箭短明星繁。曲終私語低春山。

滿堂銀燭照青蛾。皎月流暉灼素波。輕紈小拂金叵羅。爲君起唱同聲歌。青雀西飛後絳河。絲哀竹怨不敢多。白榆歷歷雲中過。攬持君衣可奈何。秋霜夜落雙鳴珂。

（6）琴曲宛轉歌

雲徘徊。含烟裊翠愁欲來。黃鶯飛上相思樹。幽夢嬋娟不可裁。歌宛轉。宛轉情難通。願爲花與露。飄蕩隨春風。

月已西。玉漏沉沉銀漢低。鬢髮頹雲寒琥珀。青梧葉落夜鳴啼。歌宛轉。宛轉悽以傷。願爲鍼與線。纏綿引意長。

5. 擬漢曲歌辭

（1）同聲歌

夙昔夢君子。盼睞廻清光。通體著中愛。藹若晞朝陽。念君重顏色。芳澤安敢忘。殷勤結鞶帨。夙夜縫衣裳。思爲博山爐。在內發馨香。復爲同心帳。在外著文章。婉燕潔中菁。左右披都梁。重樓啓繡額。參差明月璫。阿錫居下陳。朱絃羅上牀。鸞鳳爲我儔。意盼良無方。錦衾待君御。金罍俟君嘗。一朝奉玉體。萬里共翱翔。

（2）羽林郎

羽林有騎士。意氣何紛拏。身倚中朝勢。不羨霍家奴。腰間青絲繩。肘後赫蹏符。兩顴正髺鬌。白足虎皮褥。睥睨公與卿。軒車爲徐徐。長安多狹斜。十五當中衢。睢眓不得意。笑入酒家壚。酒家有好女。長跪捋髭鬚。傲然不我顧。張目紛相盱。就我索樽酒。烹羔酌椒醑。就我索錢刀。匣中雙朱提。奪我金雀釵。褫我紅羅襦。羅襦諒不惜。身命在須臾。東家罷朝歸。計吏階上趨。楮上金裹蹄。握中大秦珠。一揖百傍萬。再揖千萬餘。還笑金吾子。虎冠徒區區。

（3）董嬌嬈

洛陽城中樹。桃李最爲繁。交枝蔭密葉。綽約當朱闌。朝日東南

隅。春風正盤桓。何意遊蕩子。折我岐路間。美人睂芳素。躑躅傷朱顏。纖手振其華。對之心嬋娟。顧問彼姝子。何爲相流連。華采不須臾。朝榮暮還殘。不惜馨香謝。所畏春風寒。如何盛年子。獨居鳴珮環。我欲竟此曲。此曲摧人肝。華盛猶相棄。華落徒相嘆。

（4）蛺蝶行

蛺蝶之行游。乃在上林中。食花飲露自相得。奈何猝逢二月黃尾蜂。蛺蝶何翩翩。蜂聲何競競。春風吹紅萼。落在深甃井。還來並坐苜蓿間。含吟抱歡何所言。

（5）傷歌行

秋風生廣路。鷲鳥東西飛。鳴聲切中腸。落日留去暉。登高起長嘆。遠望無所爲。天漢清無梁。匏瓜不念飢。微蟲戀閨闈。寶瑟紛我違。獨立多異音。幽響無人知。桂樹東南榮。萱花西北衰。感物傷所遇。良辰速如馳。如何念君子。渺若瓊樹枝。

（6）咄唶歌

咄唶復咄唶。牛羊散荒陌。涼風秋草多。樹木無顏色。穀欲登場時。飛鳥鳴嘖嘖。穀入玉釜中。農夫不遑食。

（7）八變歌

嚴霜旦夕盛。落彼青桐間。海上多烈風。沒我蓬萊山。清商斷高張。蟋蛄歌林端。灼灼離羣心。凄凄白日寒。白日行已暮。壯士空長歎。

（8）古歌

藉春華。攬秋英。奉嘉實。接華楹。接華楹。獻玉厨。金七羞。吳羹雕。盤尚安。胡主人。前進酒。趙瑟兼秦筝。激楚廻流風。蛾眉輕復舒。結纓攬朱顏。微香動羅襦。金樽發妙理。顏色康且愉。四坐樂未央。延齡日相扶。

白楊脩脩吹征衣。朝亦吹。暮亦吹。客子何心。獨不念歸。令我

傷悲。塞上飛黃雲。晨風亦翯翯。寒夜日以永。刀尺日以冷。思君不得閒。淚落聯䌸纙。

（9）妍歌

妍歌展妙聲。發曲吐令辭。晞髮漸臺上。濯足虞淵池。長離奏妙曲。金虎揚威儀。羲和弄兩九。龍伯設水嬉。青琴理朱絃。宓妃結衽褵。河伯發西寶。扶桑傾東枝。朱霞映華冠。水碧膏醇滋。

——文本摘自清‧李雯撰，四庫禁燬書叢刊編纂委員會：《蓼齋集四十七卷‧後集五卷》（北京：北京出版社，1997 年 6 月，《四庫禁燬書叢刊》清順治十四年石維崑刻本），第 111 冊，集部，頁 251～261。

《蓼齋集‧卷七‧樂府（五）》

1. 擬魏曲歌辭

（1）種瓜篇

種瓜東陵下。枝蔓南澗前。與君結新婚。瓜瓞自鈎聯。願托寒陋姿。君子幸周旋。哺糜思得熟。築墻思得堅。素絲染紅碧。常恐色不鮮。感君日月照。夙夜奉虔虔。日月豈不明。鄙情良自宣。

（2）名都篇

名都盛遊冶。京洛流清妍。朱樓臨綠渠。芳陌飛紫烟。香車從北來。寶馬自南還。相揖岐路側。緩轡俱少年。折柳東郊道。射雉平津間。被服何清揚。神發怡朱顏。美人香霧鬢。顧盼相嬋娟。爲邀白玉駒。彈此離鷗絃。佳音競繁會。狎客羅長筵。鴛鴦鳴後庭。桃李紛戶前。以言迎春風。春風誰不然。家坐萬戶矦。門對濯龍園。身通金吾籍。手行少府錢。不愁鐘鼓散。但願白日延。寄言車馬客。無令芳歲闌。

（3）美女篇

美女閑且都。採桑城南隅。豐枝旣柔好。弱葉垂羅襦。金鈎耀素手。沃若心躊躇。腰間翡翠帶。耳後明月珠。蘭茝爲近澤。芙蓉爲輕

裾。約體何揚揚。婉妙臨清衢。明眸善微睞。吐氣如笙竽。道旁誰能識。但坐相闃淤。不知此姝子。近在東墻居。朱霞蔽朝閣。蘭風隱玉除。質高理難匹。寋脩不我俞。佳人慕良儔。君子懷名姝。兩願豈不然。曠若萬里餘。沈姿委中野。眾人徒區區。歸來坐歎息。朗月垂華疏。

(4）白馬篇

白馬鐵連乾。鳴鑣渭城邊。流光速飛電。聳身若雲烟。馬上誰家子。幽并俠少年。出身羽林士。行獵南山前。少隨都護出。昨逐輕車旋。獨行取射鵰。妙技過樓煩。一身若飛鳥。矯捷凌風便。一戰破賓顏。再戰踏祁連。常聞羽檄至。勇決不可言。天子正好武。匈奴復臨關。丈夫一當虜。豈得求比肩。驅馬復長鶩。殺氣靡陰山。初酬屬國恥。更報谷吉冤。封侯未可知。俠士誰我先。微軀既速盡。何辭馬蹄間。

(5）當墻欲高行

龍欲藏身須杳冥。人之固位當堅深。墻欲高。高以造青天。日月阻截。中藏山川。彈射不及。望者嚴嚴。嗟乎。世有此墻。何不以衛君王、百姓。庇其宇下。天子宴。樂無疆。

(6）欲遊南山行

高高終南山。鬱盤萬里間。中有餐霞客。被服何翩翩。神芝及上藥。採食恣所便。北行松栢長。芳草亦綿綿。猿熊隔異林。眞路有術阡。碧月光蒼深。泓泉澹朱顏。常逢秦漢人。指點求上玄。雲峯照海日。遙望比肩仙。天語終不聞。蕭條坐凉烟。石門秘瑤籍。朗悟在持堅。閉之冥長夜。開之洞曇編。澄鍊秀神明。層臺鑒重淵。當使凡意袪。至人亦我憐。安得忘悲哀。超然理玉田。

(7）當事君行

人臣各求黨與。誤國乃安身。梟獍更加羽毛。張目思食人。幸逢天子聖明。伏罪勵羣臣。願言洗心易慮。求賢奉至尊。

（8）桂之樹行

桂之樹。桂之樹。桂樹一何團團。朱華映于朝日。翠實如琅玕。青女所守。遊戲其間。桂之樹。紫臺之眞人。乘鸞輅。駕龍輈。徘徊而不去。教我吐納日月。守天門。掩玉扉。要言甚精。非有所難。清虛恬淡。乃得自然。往來眞庭。諧謔無端。上者賓于天老。下者驅曳雲烟。

（9）五遊

九州安足遍。五嶽良易周。置身無何鄉。曠然舒清眸。振我玉華鈴。披我青霞裘。軒蓋何飄揚。八龍仰玄翰。華巒自安節。閶闔無阻脩。紫閣臨太清。雙闕如烟浮。遲廻金庭室。宴息晨景樓。西妃列下陳。東父居上頭。食我琅玕實。佩以瓊華鈎。泛舟咸池中。息駕崑崙丘。目玩三秀姿。手承石腴流。靈符隨心契。彌世無春秋。

（10）遠遊篇

遠遊瑤海外。容裔積靈波。蛟龍若雞犬。驅策紛相過。遊飈載朱輪。飛閣俯絳霞。偓佺爲我御。虎旗良參差。滄浪動神襟。傾心曦玉華。雲林莽然深。縱軀于八遐。濯髮欒淵中。彈琴玄津涯。明眞散皓腕。振音揚微歌。浩蕩覽人世。車馬如流沙。高臥無始堂。澄暉弄晨葩。

（11）鬭雞篇

角抵既罷戲。羽獵亦未張。妙伎多清微。爲樂神不揚。乃命赤幘徒。驅雞東西廂。紀渻進雄物。邱氏爲良方。赭冠必雙奮。鷩目恒相當。微颸扇廣翼。激朱殷繡裳。飛鳴見開合。索彗不可忘。餘怒未及展。主人恐兩傷。一麾介羽隔。束體歸異房。蒙此顧盼恩。國士爲慨慷。

（12）磐石篇

磐磐澗中石。飄飄海上船。我本高堂客。何爲雲霧間。蔓蘿蔽深徑。蓁蕪惑來阡。川谷無津梁。波潮何塡塡。水若栖遲洕。天吳凌九

川。紛虹揚其輝。貝錦相華鮮。靈鰍負穹窿。起伏如神山。日月爲蔽虧〔註61〕。陰風淒以寒。駕言問潛室。放舟陵神淵。螭龍相藉居。鮫妾徒嬋娟。前見雷雨至。後見竿幢翻。常恐委泥沙。沉沒無愚賢。南望極沃焦。俯仰思平原。星漢指我途。牽牛在其前。褰衣涉長洲。聊用心所安。蹈海何倔奇。歎息魯仲連。

（13）驅車篇

驅車振飛葢。東到梁甫亭。崔崔彼太山。鬱鬱崇天經。五嶽爲之冠。百神受其成。醴泉流其巔。金玉懷其貞。從籠造天門。上有不死庭。顧東餐日華。眷西傒月英。天孫治眞府。持籙乃下聽。漢武爲停車。秦皇以喪精。享茲歷代禮。豐碑永令名。玉女居石閭。秘言函金籐。登封七十二。軒轅獨神明。瓊杯酌靈霞。八林皓以盈。駕從龍鸞升。體與雲霧并。千齡竟不歇。飄颷有遺聲。

（14）棄婦篇〔註62〕

種棘南池下。秋實何離離。種蘭北地邊。春風來相吹。自謂奉誠愫。與君接襟褵。結言既分明。懷情非貿絲。勤心織紈素。蓄旨御朝飢。作計保堅貞。皓首日月期。日月有明晦。風雨復間之。來如膠漆深。去若流星移。流星不歸天。膠漆還相疑。恐君乖大誼。賤妾先自辭。躊躇厭回顧。慷慨捐羅帷。棄我朱絃琴。委我青玉卮。此物解綢繆。獨行慚自攜。歸家還入門。坐我流黃機。徘徊念往昔。何用負恩私。芳澤不竟體。榮華不終幃。願君攜手人。無使朱顏衰。

（15）妾薄命

西家金閨秀英。嚼芷含蘭體清。惠顏修態宜情。燁若瓊枝夜明。晶盤玉露通盈。鬒髮委墮雲鬟。膩光玉燕難安。蓮步徐引珊珊。頰霞遙興自瀾。斂裾飛裯形嫻。蕙帳葳蕤流蘇。彈箏鼓簧激歌。離鷗別鵠鳴呼。妙舞七盤廻波。約環侵脂凝膚。珍色不勝自憐。鳳求其凰良難。

〔註61〕原文爲異體字。
〔註62〕文本亦收錄於「陳立校本」，卷一，頁3～4。

東鄰秉蘭少年。貽吾玫瑰琅玕。結心并氣齊懽。樂滿悲來事殊。影欲辭形不俱。著妾紫羅繡襦。乘君白馬素車。君獨追妾誰如。妾所自裁君衣。中有都梁迷迷。麝蘭百和雜齊。願君服之勿離。錦紈莫加素絺。松吟栝搖夜凉。不如綺閣洞房。君當勉求樂方。魂亦思君未央。青陵華山相望。〔註63〕

　　郭東亦苦泥。郭西亦苦泥。白角犁成桃李岸。畫簾繡戶春風低。鴛鴦織錦芙蓉襦。連枝寶帶紅氍毹。倚曲寧聞雙鳳管。妝成不待七香車。別有豪華會深宴。虎帳彈箏大羽箭。呼名未識霍家奴。褰裳頗畏崐崙面。當筵太息人莫知。邯鄲女兒但笑之。自矜跰躘侯王第。顛倒長安輕薄兒。長安輕薄亦無數。秋月春花怨朝暮。幼時曾許配王孫。阿母深閨善持護。鸚鵡牀頭喚曉妝。菖蒲花下嘗新露。緣知慕履〔註64〕未侵階。肯使黃金買人顧。憶昔親下流黃機。都梁百和香霏微。金剪裁成合歡被。至今簡取無容輝。至今簡取無容輝。淚落當年未嫁衣。

（16）種葛篇

　　採葛臨深澗。葛藟相纏綿。自分同根枝。初爾終亦然。願好罄往素。緩帶明鏡前。朗月同秋暉。繁華共春妍。以絲投漆中。中理自成堅。詎謂良辰暮。歡愛成棄捐。昔是而更非。求悅而反忿。中閨不盈尺。渺若山與川。讒言豈必多。密意良自遷。躊躇步中房。仰視河漢懸。曠年有佳匹。終古相周旋。人世多綢繆。離潤在其間。君子順其常。賤妾遭所偏。願言攜手人。保此芳盛年。

〔註63〕文本亦收錄於「壬申合稿」，卷之五，頁596。「惠顏脩態宜情」作「惠顏脩態宜情」；「蓮步徐引珊珊」作「蓮莖徐引珊珊」；「頳霞遙興自瀾」作「頳霞遙興目瀾」；「鳳求其鳳良難」作「鳳求其鳳良難」；「東鄰秉蘭少年」作「東隣秉蘭少年」；「著妾紫羅繡襦」作「着妾紫羅繡襦」；「願君服之勿離」作「願君服之勿梨」；「錦紈莫加素絺」作「繡紈莫加素絺」；「魂亦思君未央」作「魂亦思君來央」。
〔註64〕原文爲異體字。

（17）苦熱行

赤龍朱鳳左右居。羲和御日當中衢。水波在地雲在山。皛皛浮光不相舒。蟲吟鳥呼晝不止。屋上望天崢嶸爾。此時毛髮爲我憂。解羽之淵遲哉脩。

南雲北雲列作障。崩頹不見飛揚狀。修蛇吐舌高樹頭。蟇螣戴蟲相下上。蜘蛛作網蚊櫻膚。其時貪殺何時無。安得秋風下平陸。一埽蕪穢仁中區。

2. 擬晉曲歌辭

（1）輕薄篇

城東美少年。連袂盛行遊。細馬蠻錦靴。寶刀金錯頭。入室無定歡。出門如雲浮。別家在新豐。便道過長楸。珠丸隨意落。楊柳夾青樓。公子停絲轡。佳人解鈿篋。不辭金叵羅。遺下珊瑚鈎。袨服靡蟬翼。輕裘效綠韝。何必賣珠兒。不敵平陽侯。金塘溢芙蓉。玉盤薦石榴。華盛一朝是。庶云無百憂。誰知桃李花。翩翩逐風流。

（2）明月篇

灼灼朗月暉。奕奕明星姿。朝爲陌上桑。暮入織女機。玟瑉作雕梁。匡牀羅象犀。盛愛一朝是。孰云馳驟非。寶帳未曾歇。華燈常若斯。誰令玉體變。委謝無移時。春華因風開。又恐隨風飛。不敢傷華落。意盛良獨悲。

（3）車遙遙篇

車隆隆兮馬駸駸。欲望君兮難爲心。君何適兮燕與齊。願爲塵兮逐馬蹄。馬蹄息兮塵欲歇。君心蕩兮不可結。

（4）吳楚歌

趙人瑟兮秦女箏。解余珮兮傷人情。沅有芷兮江有蘭。月如日兮雲在山。月可缺兮雲可沒。轉思君兮心超忽。

（5）雲歌

浮雲辭山向天行。願言寄我迅不停。浮雲填填。蔽我青天。山川

蒙密。望君難言。

（6）吳趨行

朗月照廣除。脩燭明高樓。四座為我聽。我為歌吳趨。吳趨自何始。請從吳宮起。吳宮何芊芊。舘娃犁作田。昔時雲水麗。于此羈神仙。紅霞溢長流。被服清且鮮。採蓮既哀亮。櫂歌亦潺湲。紫玉信嬌女。韓重良韶年。夷光不可見。渺若湖中烟。至今長洲旁。奕燁饒芳妍。羅衣從春風。蛾眉眷晴川。淡淡雅逸恣。靡靡雜花牽。冶金電色燿。琢玉雷聲喧。馨香滿廛闤。市客佩管絃。曄若遊五都。傑士多周旋。要離不獨俠。延陵豈孤賢。南國聲華盛。無如此地偏。

（7）悲哉行二首

北風徘徊。日落星飛。鳥鳴依林。遊子念歸。〔一解〕烏聊可望。于彼夕陽。英風懷人。越我高皇。〔二解〕勢卑者譏。衣白多淄。我思古人。于彼載飢。〔三解〕碌碌如玉。非我所蹈。喜當霞舒。悲當谷嘯。〔四解〕戒彼猛虎。蒼麟在山。我無斧戕。心焉盤桓。〔五解〕髮白非愁。木落非秋。瀉酒東海。以舒我憂。〔六解〕

甕井易為滿。雀鳩易為歡。悲哉壯士心。飢來不可飡。砥鍔崑山岡。淬以大海瀾。攜持撫戶庭。局曲誰能寬。屠刀翼周文。囚虜匡齊桓。豈足讐賤貧。傷時不吾安。散家無千金。吐哺誰為觀。顧非商山徒。奚為紉幽蘭。俯聽壑風哀。仰視星漢闌。猿狖為我吟。虎豹笑我閒。忼愾復何為。自古以為歎。〔註65〕

（8）緩聲歌〔註66〕

水弩之尾。一如麒麟之角。函毒不瀉。心煩中剝。孤凶眾仇。卒

〔註65〕文本亦收錄於「壬申合稿」，卷之五，頁594。「甕井易為滿」作「盎井易為滿」；「雀鳩易為歡」作「雀鳩易為懽」；「飢來不可飡」作「饑來不可飡」；「猿狖為我吟」作「猿狖為吾吟」；「虎豹笑我閒」作「虎豹吾我閒」；「忼愾復何為」作「忼慨復何為」。

〔註66〕文本亦收錄於「壬申合稿」，卷之五，頁589。「一如麒麟之角」作「一如麒麟之角」；「函毒不瀉」作「函毒不潟」；「孤凶眾仇」作「孤凶的眾仇」。

然受斬。猛虎之所威。豈必裂蟲卉。放步中林。鼯鹿竄尾。神龍賁雨
天上行。拔躓木石。人民乃驚。上天念其功大。得不賣烹。日酷風虐。
人怒之蜂目。豺聲何爲乎。

（9）扶風歌

風吹廣莫門。露下金雞闕。吁嗟如馬嘶。慘烈旌旗發。〔一解〕朝
陳細柳下。暮望甘泉宮。拔劍俯大荒。日落黃埃中。〔二解〕虎帳嚴金
鉦。壯士夜中起。胡笳迸塞雲。孤鳥征寒水。〔三解〕揮手上河梁。淚
落何湯湯。匈奴爲我犾。沙漠非我鄉。〔四解〕去家萬餘里。安問亡與
存。枕衾日已疎。弓劍日已親。〔五解〕牽牛爲我朋。匏瓜在我側。中
道乏資糧。部曲無顏色。〔六解〕慷慨循帳下。悲嘯臨北風。丈夫死絕
域。魂魄隨飛蓬。〔七解〕昔惟霍冠軍。渫血祁連山。天子賜丘壠。松
栢何桓桓。〔八解〕我欲竟此曲。此曲難重尋。明月照青海。誰知千里
心。〔九解〕

（10）胡姬年十五

芙蓉初照日。楊柳僅藏烏。可憐十五女。含笑獨當壚。隱語知輕
重。新愁定有無。葳蕤不下鑰。窺著錦韁毺。

（11）大道曲

黃衫諸少年。愛躍青驄馬。梧桐生道周。芙蓉出岸下。

（12）曲池歌

輕泛涉蘭渚。解帶披青桐。翠羽遊石上。紫鱗戲波中。川靄蔽浮
雲。清徽結惠風。綢繆兩心契。婉宴將無同。

3. 擬宋曲歌辭

（1）行路難

贈君湛盧之寶劍。九枝青玉之明鐙。珊盤翠釜之珍味。雙珠明月
之錦旌。赤輪丸丸勢將變。天地于我終無情。爲君起舞歌路難。願君
撫節爲我聽。悲來傷人無少年。不覺涕下森縱橫。

男兒躍馬彎雕弓。我獨何爲怨秋風。荒池滄莽木葉脫。禾黍滿原

吟悲蟲。自言貴當封萬戶。賤亦牧豕卑田中。空然槁立敗壇上。安能
仰面稱英雄。

　　東海大魚昔無數。一魚飛向任公前。日月爲目鬐如山。此時海水
聲塡塡。緡豐餌香不可辭。一朝鱗甲相棄捐。吞鈎裂膚豈不惜。蒼梧
以北稱豐年。似此釣竿竟不得。使我躑躅沙苴間。

　　薄暮不能坐。憂來自相逐。明月爲我窈窕容。念此無心自羈束。
江南美人烟霧中。離思遙夜動清曲。玉樓珠箔垂參差。簌簌闌干振秋
竹。閒歌微吟兩不知。飛鴻夜落寒洲宿。嗟彼天上之雙星。照我海中
之單鵠。

　　邯鄲城中兩少女。共合雙絲刺繡紋。鳳笙龍笛既同調。玉籠金管
時相親。自云顏色眞姊妹。工神藝理色色均。贈以同心葡萄之寶帳。
結以雙花九子之錦茵。皆言同盛莫相棄。兄爲皇后弟貴人。如今妒熊
一朝見。此事何能更重陳。

　　君不見霍家車上金鳳凰。忽然振翅雲中翔。鶍雛鸒鶊不相識。還
來歸棲漢帝旁。始皇墓中梟與雁。不聞飛飛止阿房。盛時百物不敢外。
去矣零落如雨霜。昔時神力驅山海。沙丘鮑魚來相將。神仙可求良非
迂。不忍見此增慨慷。

　　繅繭出長薄。各作青黃紅。素絲製爲仙靈及龍鳳。豈念同居炮炙
時。今日見君顏色異。有酒更食邯鄲兒。邯鄲少年意氣衰。黃金既盡
來相辭。以此躊躇獨太息。心中蕭索不可治。

　　中園桃李昔繁盛。馬蹄踏去無榮輝。一時佳麗從此盡。豈能更待
秋風吹。山中梧桐半生死。離鸞廻盼寡鵠悲。良工裁爲綠綺琴。美人
素手娛清徽。我欲彈琴向桃李。夜聞芳香泣故枝。

　　驅車不識路。遙出北郭門。愁雲四野至。但見秋草噴。松栢縱橫
陳。中有細鳥號江斑。云是昔時舞女裙。紫纈青縷洵可愛。好入西家
桃李園。西家美人就扇多。綵絲繫足爭紛紛。雖然更作螻蟻食。猶念
往日春風溫。

　　君不見淘河羣飛水中央。雙足如人魚滿腸。喙痍胡潰心不足。但

原百鳥皆鳳凰。豈知山澤下鳥多。前有鳶鷗後鶩鵒。一旦羣呼擊爾傷。口欲訴鳳無馨香。羽毛焦鍛死沙上。誰令爾愚守河梁。

　　君不見天上行雲竟何限。楚王獨自祠巫山。章華宮女思斜雲。彎弓不知東西間。因此朝朝拜白日。願得山不出雲少往還。忽然沅湘交緒風。月明宵燭車班班。豈復神仙思下跡。宮中羣疑不得閒。

　　君不見業都銅龍金作鱗。香如夜浴流芳津。又不見魏宮玉虎走殿下。豈憶往時枕美人。即今此物竟安在。但見漳河雒水生。青蘋人生既苦患。不樂歌舞如雲動。羅幕歡極。翻成弔者悲。月白荒荒。繞烏雀行人。感此下馬聽有酒。如澠不能酌。

　　君不見陽春二月三月中。羣鶯滿天千里紅。念彼泉下沉沉者。豈能拔劍讐春風。深松茂栢鬼所愛。須臾伐作生人宮。獨魄徘徊羊馬間。鬱骸零落廿微蟲。似此生死強弱更相代。誰能眷眷憐悲窮。

　　男兒君得漢武帝。結友又思魏信陵。文舉越石坐上客。更呼桓溫作步兵。此志區區不足數。君謂爾言太縱橫。君家李廣髮種種。當時豈謂無功名。一朝抑鬱死寒下。壯士聞者皆涕零。自言轗軻復何道。悲風颯來不可聽。

　　意中妄有不平事。夜半拔起誦陰符。念此空言更何益。不如輕身東擊胡。手牽紫騮馬。腰佩金僕姑。自言慷慨赴長城。丈夫一人當單于。豈意不得格鬭死。但令邊城長吏驅爲奴。朝霜皚皚馬北嘶。暮風騷騷周南呼。中心交橫涕如水。寶刀失乎形容愚。不見千騎〔註67〕羽林子。意氣驕傑非吾徒。

　　北風滿林霜夜明。單心獨見秋依庭。頹節西流不可止。令人遠盼思盈盈。妾守高樓望玄雲。君在河梁履清冰。憑雲寫思寧可飛。陟冰造怨不及情。昔時君懷袖中金博山。轉側中央不可傾。下爲交花連理枝。上作玉鳳雙和鳴。十年沉歡棄此物。朝來叩擊聞哀聲。

　　跨馬出門去。遊思鬱塡塡。猿吟鳥呼各自悲。此豈有意相蟬聯。

〔註67〕原文爲異體字。以下皆是。

羣雞擁翅待天曙。吾獨當之心愴然。南求桂樹不可見。北望太行旗暗
天。方今黃金臺上秋。草盛何爲拂衣走。幽燕少年。各有天下事。我
等豈得久周旋。

　　躑躅不能言。酒酣擊缶歌路難。天上若無嚴白虎。吾當獨往崑崙
山。人言神仙方浩蕩。赤斧傈傈遊其間。不如撞鐘復伐鼓。有酒斟酌
睨所歡。年過賈生不稱意。挾策何敢之長安。公孫六十老而仕。豈能
蹀躞相追攀。

——文本摘自清・李雯撰，四庫禁燬書叢刊編纂委員會：《蓼齋集四十七卷・
　後集五卷》（北京：北京出版社，1997 年 6 月，《四庫禁燬書叢刊》清順
　治十四年石維崑刻本），第 111 冊，集部，頁 262～270。

《蓼齋集・卷八・樂府（六）》

1. 擬宋曲歌辭

（1）自君之出矣

自君之出矣。不復坐彈箏。思君如更漏。深夜最分明。
自君之出矣。角枕心常怯。思君如蠶絲。端緒自相接。
自君之出矣。華鐙爲誰光。思君如敗燭。脫落見心長。
自君之出矣。刀尺憐紈素。思君如青女。夜夜霜中度。
自君之出矣。明月寒羅帳。思君如鹿盧。宛轉銀牀上。
自君之出矣。綠桂何曾蓺。思君如蘖山。辛苦相重疊。

（2）空城雀〔註68〕

　　空城雀。何啾啾。啾啾獨不得食。身倚蓬藜間。啄沙蟲。復不
得。蟲沙傷其嘴。嗟雀大辛苦。囘向隍下安坐。爰遇挾彈公子翩翩
來。意氣一何紛紜。雀大怖。伏地叩翼哀鳴。公子策馬去。手中乃
持大肥雀。是雀竊脯盜粟日遊樂。體脂豐羨得入公子手。金罌玉盤。

――――――――――

〔註68〕文本亦收錄於「壬申合稿」，卷之六，頁 602～603。「嗟雀大辛苦」
　　　作「嗟雀大苦辛」。「金罌玉盤」作「金罌玉盤」。

五味雜香。當是之時。自謂不如瘦雀在空城裏。

（3）長相思四首

玉門烁雲冷。怨琴素絲哽。短綆繫銀餅。所恨不及井。高望青冥長。下視隴水湯。明月照單帷。簟紋寒欲霜。昔與君別時。妾怨青門柳。青柳爲枯楊。君獨未囘首。雙紋刺鴛鴦。欲寄要君戀。刺刺不成文。愧妾手中線。堂前有樹萱。其花號忘憂。妾獨對之泣。空悲蘭蕙烁。願劚錦鯉〔註69〕鱗〔註70〕。又斷飛鴻翮。摧心君不知。此物竟何益。妾聞有好鳥。其名曰鳳凰。發音良有思。夜夜鳴歸昌。君自保貞心。妾自持朱顏。長思無終極。豈隔崑崙山。〔註71〕

平波浩蕩愁風烟。朱霞未捲明鏡前。羅袖常依蘇合帳。越帆遠上眞珠船。思君快望花滿〔註72〕川。霏霏自度春風年。泪如江水流涓涓。朝潮暮潮斷復連。昔時比翼鳥。今作孤飛鳶。待君歸來芳草暮。銀河耿耿歷秋天。〔註73〕

來時歡乘白馬來。去時歡乘白馬去。白馬驕嘶紫陌旁。金鞭隱映垂楊樹。垂楊如織馬蹄輕。千里春風無定程。憶昔百花迎去路。至今猶擬踏花行。〔註74〕

長相思。遠別離。百尺高樓對明月。金井烏啼霜葉飛。美人夜起羅帳裏。仰看雙星隔秋水。玉漏聲中減細腰。鴛鴦絃上憐芳指。空爐牀頭百和香。銀缸夜夜照流黃。嘹唳征鴻聽不盡。相隨飛夢度瀟湘。

〔註75〕

〔註69〕原文爲異體字。以下皆是。

〔註70〕原文爲異體字。以下皆是。

〔註71〕文本亦收錄於「壬申合稿」，卷之六，頁604。「玉門烁雲冷」作「玉門秋雲冷」；「空悲蘭蕙烁」作「空悲蘭蕙秋」；「發音良有思」作「發音良有思」。

〔註72〕原文爲異體字。以下皆是。

〔註73〕文本亦收錄於「陳立校本」，卷四，頁72。「泪如江水流涓涓」作「泪如江水流漸漸」。

〔註74〕文本亦收錄於「陳立校本」，卷四，頁72。

〔註75〕文本亦收錄於「陳立校本」，卷四，頁71。

（4）古別離〔註 76〕

別離何從始。古道雲盤盤。車馬從此敝。君行無時還。妾有萬里心。君有萬里道。黃鵠海中分。相失何草草。日暮天益高。寒風吹蘿蔦。明月不相知。奚爲夜相照。劉藕藕根夘。種蘗蘗實黃。悲妾猶枯氷。思君如朝陽。

（5）濫思古意

春風吹綠林。更起懷春心。空調白玉軫。難寄瑤華音。素手理亂絲。縫君千里衣。妾意常如此。君心寧獨移。

（6）朗月行

朗月出前除。流光照綺疏。佳人美清盻。鳴琴良夜舒。玉指麗朱絃。微風動羅襦。玄露下秋陰。高樓難獨居。顧影見芳素。對魄爲躊躕。嬋娟兩相映。窈窕心有餘。一發清商調。再惜玄鬢徂。

（7）出自薊北門

步出薊北門。覽視平沙疇。桑乾水澌澌。豊草浩以稠。悲笳發嚴城。列戍屯高丘。飛雉出屋梁。炊烟莽中浮。中有耆老嘆。此嘆良有由。翔騎昔縱橫。鳴鞭至白溝。馬從氷上飛。槖駝林間遊。白刃齒漢血。黃金裝貉裘。蜚狐卑不高。淚斷瀛海流。漁陽無壯士。燕姬學胡謳。擄者旣已去。夘者未可收〔註 77〕。不見荊棘中。白骨何脩脩。我欲聽此曲。曲終生陰愁。下馬視白骨。上馬看吳鈎。

2. 擬齊曲歌辭

（1）江上曲

海中數峯出。江上片帆舉。同時桂楫人。共識書楓樹。楓樹復搖搖。舟行日已暮。婀娜白布帆。䀹見江乘路。江乘是妾家。渡口青溪斜。君來早語我。莫折芙蓉花。

〔註 76〕文本亦收錄於「壬申合稿」，卷之六，頁 613。「車馬從此敝」作「車馬從此弊」；「劉藕藕根夘」作「斲藕藕根夘」；「思君如朝陽」作「思君如朝暘」。

〔註 77〕原文爲異體字。以下皆是。

（2）王孫遊

相思芳草路。只在隴西頭。一望成離別。凉風不待秋。

（3）秋夜長〔註78〕

秋夜長。長於天。銀繩夜耿清無眠。碧紗開幌愁欲然。八尺屏風雲母鮮。撤箏不語招凉烟。蘭幽桂冷思自牽。玉杵無聲懸嬋娟。羅幃翠袖不相憐。欲倚未倚情不宣。寒池露液香殳蓮。鵲驚鴛起中自屛。願乘雙奐駕兩鸞。穿天入海相流連。

（4）李夫人及貴人歌

蕙帳滅胡香。桂宮坐明月。可惜珊瑚枝。不向朱顏發。臨芳檻。宴華池。玉珮虛。哀箏思。白鵠孤飛夜不上。永巷秋蟬生別離。應是椒塗不可在。集霧臺上更相期。

3. 擬梁曲歌辭

（1）東飛伯勞歌

東游比目西飛鶘。洛艷江姝相對妍。誰家窈窕當窗日。含蘭抱蕙明瓊質。疑雲似霧羅袖光。珠簾欲捲隨風揚。可憐十五方灼灼。宜笑宜愁對青鵲。菖蒲可攬花欲飛。應惜空裁新舞衣。

群飛翡翠孤飛鵠。青琴瓊妃遙相矚。誰家冶女採蘭歸。驚艷壓春花戀衣。綺光流雲紫鷥妬。繡幕開風狄芬護。明眸通波留所歡。輕羅觸珮鳴聲珊。菖蒲花落桑葉沃。守宮如新厭蠶薄。〔註79〕

（2）金樂歌

檉花映後園。荷葉周前池。籠窗對青陌。解帶留金羈。雲屏畫鴨眠。曲案蓮粉施。玉葵生紫羽。銀蠶吐綵絲。誓我同心侶。遂令金石移。

〔註78〕文本亦收錄於「壬申合稿」，卷之六，頁614。「長於天」作「長于天」；「鵲驚鴛起中自屛」作「鵲驚鴛起中自屛」；「願乘雙奐駕兩鸞」作「願乘雙魚駕兩鸞」。

〔註79〕文本亦收錄於「壬申合稿」，卷之五，頁598。「群飛翡翠孤飛鵠」作「羣飛翡翠孤飛鵠」；「青琴瓊妃遙相矚」作「青琴瓊妃遙相屬」；「明眸通波留所歡」作「明眸通波留飛歡」。

（3）茱萸女

明岸吹涼風。羅衣自颭颮。懷茲金閨女。寄言珮綵囊。曉氣侵良
袂。餘香隱微霜。顧此登高路。清華云未央。翠羽媚中林。飛蟲羨遺
芳。不忍秋花落。斂袖徒徬徨。

（4）當壚曲〔註80〕

長安三月春風多。葡萄酒清明素波。門前日繫青絲騎。樓上微聞
碧玉歌。歌聲欲繞垂楊裏。君醉妾家眠不起。蔆語碧桃花霧溁〔註81〕。
香車日暮如流水。留君寶劍白玉環。銀缸清淺浮夜闌。城頭已見烏啼
去。明月青樓羅帳寒。

（5）携手曲

齊步鴨蘭下。同來翠帳前。東風吹羅帶。纏綿雙可憐。戶外相思
樹。堂中蚉蚉氊。不是一心人。那能作比肩。

（6）夜夜曲

天色涼如水。星河沒曉霜。未使春愁減。還令秋夜長。腰肢餘寶
帶。玉箸損流黃。君歸無歲月。妾夢越河梁。

絡緯泣露清宵中。商風入帷梢桂叢。玉闌獨倚思驚鴻。龍脩夜寒
心忪忪。狄芬細籋通筠籠。雲母月照相思縫。裁絺擣素秋復冬。倏燠
忽涼時難同。賤妾一心煩內攻。開窗揭幬訴悲蟲。〔註82〕

（7）六憶詩六首

憶來時。香風煖欲吹。先教簾額動。頗覺珮聲遲。月上鈎闌曲。
朦朧花影移。

憶見時。紈扇彰〔註83〕芙蓉。未得親羅袖。還成通面紅。輕盈

〔註80〕文本亦收錄於「陳立校本」，卷四，頁71。
〔註81〕原文爲異體字。以下皆是。
〔註82〕文本亦收錄於「壬申合稿」，卷之六，頁606。「絡緯泣露清宵中」作
　　　　「絡緯織露清宵中」；「商風入帷梢桂叢」作「商風入幬梢桂叢」；「開
　　　　窗揭幬訴悲蟲」作「開窗揭帷訴悲蟲」。
〔註83〕原文爲異體字。

傳小字。無力倚蘭風。

憶坐時。香液滿犀甌。薔薇窓甚小。半飲眄清眸。心知可憐意。更在玉雙鈎。

憶睡時。銀缸火欲微。遙聞金釧響。知是近羅幃。漸入雙紋被。輕弛繡袂衣。

憶起時。媿語自相知。麝月猶餘暈。香雲不自支。雙憐翠被煖。朝日上簾遲。

憶別時。刺刺言難了。繾密恐衣單。殷勤問歸早。門前楊柳絲。盡解相思老。

（8）獨不見

望月仍垂袖。含芳復歛眉。香冷盤中橘。風吹雪下枝。雙憐金睡鴨。囘向玉蟠螭。相思獨不見。無計夜來時。

（9）秦王卷衣〔註84〕

咸陽宮殿二百七。嚴蹕不聞紫雲逸。鐘鼓嘈嘈呼月妃。龍錦夜脫香靅靅。宮娥卷出向玉床。金泥窄袖瓊霞光。昨來夢日臂上止。曉起惆悵碧腮裏。

（10）行行且遊獵篇

少年家住雁門口。身騎胡騧箭在手。山中猛虎獨射多。草間狐兎眞何有。高秋九月霜葉輕。角鷹啾啾架上鳴。十里黃塵沒高鳥。三千虎騎隨飛旌。青兕黃熊蔽城曲。鵰血殷殷洒箭菔。霜裏臬裘寒豈知。射餘楊葉看不足。鳴笳擊鼓好男兒。紅綸明甲繡龍旂。會當電掃清沙漠。還入長楊鬥射飛。

〔註84〕文本亦收錄於「壬申合稿」，卷之六，頁605。其詩題名爲：〈秦女卷衣〉。「鐘鼓嘈嘈呼月妃」作「鐘鼓嘈嘈呼月妃」；「龍錦夜脫香靅靅」作「龍錦夜脫香飛靅」；「宮娥卷出向玉床」作「宮娥卷去向玉床」；「昨來夢日臂上止」作「昨來夢日臂上止」；「曉起惆悵碧腮裏」作「曉起惆悵碧窓裏」。

（11）登樓曲

楊栁春風滿。明粧晚翠新。可憐木蘭楫。齊載畫樓人。樓上雙飛
蔦。唧花落錦茵。

自覺香衣薄。還來玉帳眠。春風無氣力。錦瑟未調絃。更欲彈何
曲。馬蹄芳草邊。

愛作登樓艷。綺窗四面開。銀箏初出手。玉鏡更安臺。桃花吹滿
戶。日暮香車來。

荳蔲苞初發。菖蒲葉已長。聞說東牆客。相逢西曲娘。房中連理
帳。畫作雙鴛鴦。

碧瓦憐霜白。朱簾侵曉寒。美人金閨起。蘭風吹珮環。初見香裊
裊。漸聞聲珊珊。

流鶯趁花速。蛺蝶夭春遲。堂上盧家女。雙歌折栁枝。曲終明月
上。今日解相思。

4. 擬北魏曲歌辭

（1）楊白花

種柳高樓下。婀娜對春風。初謂長條堪攬結。誰知飛絮欲西東。
東家嬌娘愛輕薄。爲看楊花上妝閣。窺窗入戶始著衣。又向游絲作意
飛。囘頭試望垂楊岸。青青浮萍隨波轉。本是飄揚不定姿。深閨莫折
楊栁絲。

5. 擬隋曲歌辭

（1）昔昔鹽

芳草未知名。遊蜂早有情。柳淶翡翠閣。香滿鳳凰城。蜀絃彈盧
女。矙帳畫飛瓊。春風徒自好。關塞別思盈。荳蔲梢初蕚。菖蒲露已
輕。粉從珠淚冷。花見□□□。

（2）十索詩六首

剪剪裁纖素。盈盈若新月。拾翠當清宵。浣沙出明發。爲欲逗凌
波。從郎索羅襪。

　　寶衱知腰穩。茱萸束體香。更得胸前帶。常懸明月光。照見綢繆意。從郎索約黃。

　　春園花亂飛。繁英雜惆悵。既苦花性輕。復惱鶯情浪。妾欲蔽春風。從郎索步鄣。

　　香風啓繡戶。皓月轉花陰。能得手中意。嬌為膝上音。最愛求凰曲。從郎索素琴。

　　蘭麝有時盡。甲煎從自熱。欲廢博山鑪。含香待郎發。通體更薰心。從郎索雞舌。

　　鴛鴦去自雙。杜宇聲偏楚。斗帳垂香囊。傷心為誰語。欲得伴相思。從郎索鸚鵡。

6. 雜擬

（1）長干行

　　穴蟲常苦雨。巢禽常苦風。嫁作長干婦。無端恨青楓。青楓江上立。朝夜送行客。使妾深閨人。慣見風波色。江漲鯉臾紅。懷君泊湘東。江平棗花綠。思君下姑孰。青帆復何長。離本愛他鄉。船頭兩水馬。不畫雙鴛鴦。鴛鴦在何許。夜夜江頭語。定作負情儂。學砧不念汝。奈何蓮塘曲。日暮看不足。離人渺若雲。芳草寒如玉。可憐蘆花秋。明月下西洲。風吹烏桕樹。妾夢落江頭。

（2）小長干曲

　　妾本長干人。嫁得長干客。門前蓮葉舟。帳上芙蓉額。
　　春風漾柳花。落在橫塘上。日暮鸂鶒飛。綠帆吹五兩。
　　鸂鶒江頭立。鴛鴦水上行。相逢不作伴。誰言獨無情。
　　常說小姑女。許與白石郎。妾解荳蔲帶。易君金縷裳。

（3）扶南曲

　　明珠翠羽袖。妝罷但含香。玉漏遲金箭。雲和羅象牀。未知隨伴侶。何日奉君王。

　　曉殿明殘雪。宮花逐早春。久來妝閣下。同看細腰人。不作娥眉

意。相爲拂舞塵。

　　輕鬢如雲薄。清蛾愛月微。見憐方罷曲。獲御在更衣。一夕生顏色。香車送暮歸。

　　御溝春水碧。佳氣近梧桐。爇入昭陽殿。花開長樂宮。欲將歌舞意。常結蕙蘭風。

　　羅帷溫桂火。燈影對青螭。玉殿薰衣早。雞人唱漏遲。珮聲楊栁下。曉色上彤墀。

　　（4）春詞

　　英英蘭草滋。冉冉飛游絲。美人墮金雀。望見珠簾垂。不能携素手。空惹春風吹。

　　香出紫屠蘇。氷澌玉唾壺。高樓織錦婦。摘花弄菖蒲。借問青絲籠。何如秦羅敷。

　　芳草舒碧芽。龍笛吹紅霞。朝離琥珀枕。來上茱萸車。那知蘇合彈。誤落櫻桃花。

　　早騎連錢馬。走上洛陽陌。玉樓影參差。黃鳥送行客。浣紗諸女兒。素指憐金碧。

　　（5）紫玉歌〔註85〕

　　月求其日。光離魄夊。玉龍囚鳳。不如但已。蓬莠藜蒿。非妾所耻。與君相期。視此吳水。吳水湜湜。有鱣其魚。妾心授君。不吾肯居。父兮母兮。妾則誰如。白鶴何德。使隨吾車。瀾則有岸。霞則有散。生不可知。夊貞其粲。絕質從君。與君旦旦。

　　（6）湘絃曲〔註86〕

　　秋雲堆波雕明紋。沅湘叠綺曜羅曛。鵠翔楚女膩香煴。吹蘭搖蕙佳哉紛。芙蓉寶帳揭桂旌。白鳳擺肺盛瑤罍。河龍夜聽圓瑟鳴。長離澲洌飛鷗驚。古殿翕呷暗香雨。燈光寒笑幽脩語。錦鱗上天濕雲鮮。

〔註85〕文本亦收錄於「壬申合稿」，卷之六，頁 610。「玉龍囚鳳」作「玉龍
　　　　囚凰」；「非妾所耻」作「非妾所恥」。
〔註86〕文本亦收錄於「壬申合稿」，卷之六，頁 609。

璃沙粼粼灑笙敔。頽霞微搴煙鬢溶。芳理游漾無處所。泥銀小女弄輕妍。碧葉瓊葩相擲與。白濤虹起貫華軒。鯨〔註87〕風吹吹凉紅蓮。帝子不留〔註88〕可奈何。九疑絛黛愁嬋娟。

（7）水仙謠〔註89〕

蓬山搖黛青濛濛。鯉魚尾色桃花紅。玉冠星袍煙上舉。金骨如霜凉曉空。鼉吟鸞思愁海水。十二玉樓光玼玼。太霞歌出銀浦清。瓊妃自是嬋娟子。老碧山頭寒桂花。秋雲憂憂飄藍沙。青麟白鹿旦相值。石帆如幢天無涯。

7. 樂府變

（1）雷之震〔時聞內操演火器如雷也〕〔註90〕

雷之震。殿巖巖。燭龍施火驅神鞭。天子居九重。揚聲動蕤然。〔一解〕雷之震。風不鳴。雨不至。白日杲杲煙在地。我欲訴天天門高。上愁雲漢星搖搖。〔二解〕

（2）築城高〔時增築外城於蘆溝橋也〕〔註91〕

築城高。城高上青天。青天不可上。飛鳥相惆悵。〔一解〕築城厚。厚以堅。望如浮雲屹若山。願爲土與石。相持保千年。〔二解〕甲之日春春。乙之日逢逢。他人願爲天子守長城。我獨願爲天子守深宮。〔三解〕邪耶許耶。誰建功者杵耶。邊城雖云廣。求之戶與家。士馬雖云多。求之塵與沙。藿食之子徒咨嗟。〔四解〕

（3）復讐行〔贈黔士陸雲鵬〕

黔中有壯士。父从匈奴中。父从弟爲虜。嗟乎苦哉。是讐不報。誰謂我雄。〔一解〕乃置黃金千斤贖我弟。問我父从所。兄持手。弟牽

〔註87〕原文爲異體字。以下皆是。
〔註88〕原文爲異體字。以下皆是。
〔註89〕文本亦收錄於「壬申合稿」，卷之六，頁614。「十二玉樓光玼玼」作「十二玉樓光玼玼」。
〔註90〕文本亦收錄於「陳立校本」，卷一，頁9。
〔註91〕文本亦收錄於「陳立校本」，卷一，頁8。

裙。涕泣覆地。鳥號獸鳴。白日慘慘天欲雨。〔二解〕側聞官家招匈奴
來降。虜來降。鼓鑿鑿。大者賜輿服。小者賜酒鍾。翊虜喜樂。盤
桓誰知壯士鳴刀環。〔三解〕置酒置酒。吾父夊路衢。弟幸蒙全祐。感
爾不殺恩。前宰肥牛。後烹吠狗。〔四解〕酒方酣。擲盃盤。壯士突出
戶。間謂爾虜。抑何愚爾。昔殺我父。我今臘爾肉。虜大股栗。欲
言不得言。〔五解〕大兄砍其腹。小弟截其肩。還持虜首祭父。觀者皆
嘆息。喵喵上指天。〔六解〕縣官大怒。爾何殺降。兄弟爭夊。罪無所
當。小弟得爲將軍。大兄起故鄉。賢哉賢哉。君不見父死門東子吟
道旁。〔七解〕

（4）虎欲齧人行

天作高山養猛虎。不得人餐猛虎怒。化爲道士似老翁。草履黃衫
善言語。庸夫昏眼那得窺。惟有東海黃公知。少年持脯至。黃公持刀
來舉。尾爲鞭。牙爲鋸。先囓黃公嘅危哉。嗚呼。持脯者愚刀者賢。
天生我牙必有當。誰令賢者在我前。我謂此虎。爾猶不逢李將軍。李
將軍。鴈門大守。一日射虎曰百頭。絕世威名天下聞。

——文本摘自清・李雯撰，四庫禁燬書叢刊編纂委員會：《蓼齋集四十七卷・
　後集五卷》（北京：北京出版社，1997 年 6 月，《四庫禁燬書叢刊》清順
　治十四年石維崑刻本），第 111 冊，集部，頁 271～279。

《蓼齋集・卷九・四言古詩・五言古詩（一）》

1. 四言古詩

（1）恭送方明府入覲七章〔并序〕

今皇帝龍飛之己卯。冬郡矦方公以十二年奏績入覲京師。此邦之
人。懷盛德之難忘。懼清風之不再。室吟巷謳。士女奔忐。靡有旦暮。
不遑其居。予小子夙承提誨。拂拭羽毛。一紀之間。自少及壯。雖崇
獎沐浴。歲月俱長。而淹困沈頓。與之並永。遠愧賈生、揚吳公之芳
烈。近懃明復辱希文之良箴。今者驪駒載途。典型將遠。例隨子衿。
扶輪郊甸。謹述四言。以先清路。

於皇維明。克敦良牧。造是海邦。載清載肅。有來斯邑。有止斯淑。去其螟螣。佳禾是育。被之惠風。陰以膏沐。

匪惟陰之。又煦復之。匪惟被之。又固護之。令德如原。百卉具之。有李有桃。有蘭有芝。祁祁士女。蒸而慕思。

慕思維何。有紀有年。有壯其雛。有華其顛。曰公之止。十二斯躔。車不移軌。調無更絃。詘此朱紱。鄭〔註92〕彼流泉。

明明天子。炤臨九土。濯濯德聲。不遐伊阻。謂公曰來。覲于帝所。六轡維濡。良馬維五。青青子衿。駕言出祖。

伊余小子。夙被徽音。因此砥質。遠希貢珍。戢其委羽。撫其創鱗。沐浴豐澤。載之浮沈。匪昔有昔。匪今斯今。

菀菀喬木。施于女蘿。飂風永至。離其纖柯。僕夫戒嚴。星言載塗。愧無代馬。不能前驅。愧無羽翰。不能奮徂。

猗歟夫子。述職明堂。帝命曰嘉。八鸞鏘鏘。有蒼璁珩。朱黻斯煌。東人之子。跂其有望。德音在懷。如何可忘。

（2）練之水五章美嘉定令來君於其行也耆以贈之

維練之水。其流浩浩。下有嘉魚。上有豐藻。吾僔來止。言觀其旐。清風載颸。式歌且笑。

維練之水。其石瑳瑳。下有聚沙。上有豐莪。吾僔來止。言觀其紽。淑惠且柔。令聞則穌。

莫幽匪谷。蘭則榮之。莫卑匪薄。雲則英之。凡民有情。侯斯靜之。侯斯靜之。惟以永思。

傾林之禽。依於豐艸。渴澤之魚。息干盆沼。苟曰勤民。百里匪小。百里匪小。于僔自保。

芃芃嘉穗。植彼汙萊。欵欵信言。薈之輿儓。百姓曰歸。天子曰來。僔兮僔兮。誰則嗣哉。

〔註92〕原文爲異體字。不知讀音。

（３）節母詩五章〔為沈臨秋太夫人作〕

皇輿衍祥。陰教載肅。有宋之裔。亶此明淑。儷德配賢。允稱邦族。霜以冰堅。桂以焚酷。懿彼茂姿。集于淵谷。

淵谷維何。悼喪其天。有孤在褓。有日斯年。俯親瓣洸。仰視几筵。臨風灑涕。撫琴罷絃。懋此秋萃。謝彼春鮮。

春秋代速。時運如流。有雛斯羽。克長克修。母也聖善。匪怒伊科。詩書是原。禮義是藪。懿厥珪璋。乃罔不周。

明明天子。照臨下土。蒸蒸孝廉。亦大厥武。涕泣陳詞。君言錫嘏。雙闕于門。有綸如組。恭承嘉命。拜揚起〔註93〕舞。

植植孤桐。生彼空山。坎坎窮谷。亦有豐蘭。無美不幽。無義不宣。恭惟夫人。茹荼得饘。怡爾子孫。錫爾萬年。

（４）壽倪三蘭老師尊人四章

東南之鎮。實惟會稽。含貞吐潤。發我英耆。有美君子。令德孔儀。睇髮玄圃。濯纓蘭池。淵心日麗。惠音風披。升降丘索。俯仰道機。身與時卷。福與善滋。實生哲人。南國之師。

南國之師。作邦之紀。言蓺其蘭。言採其芷。扶之植之。蒸然而起。播之揚之。用進厥美。天子曰歸。錫命在邇。雙旌返旆。迎親千里。象服有暉。星弁會止。酌彼金罍。公其式喜。

公其式喜。曰壽無疆。八龍下食。九鳳相翔。喬松冠〔註94〕嶺。玄芝秀房。投綸長川。振衣高岡。目送青鳥。心存雲琅。左睨抱朴。右攬華陽。駕我輕舟。服我乘黃。且以娛樂。且以徜徉。

且以娛樂。或錫之釐。且以徜徉。有朱其顏。公之美子。淑間如山。撫翼天階。昂首龍軒。鷺旟翼翼。大邦是瞻。言媚於公。資忠履謙。視履綏綏。降福塡塡。小子作頌。誠由義宣。

〔註93〕原文為異體字。
〔註94〕原文為異體字。

2. 五言古詩・擬古

（1）行行重行行

驅馬迅行邁。遠道不可知。夙昔寐徽音。誰爲三春期。歲月徂以修。君行安所之。青蕪生往路。明月留去帷。去去君不返。悠悠妾心斷。驚風吹朔馬。遊子星下飯。寶帶爲君寬。鬒髮爲君亂。離別安可爲。沈憂誤芳旦。

（2）青青河畔艸

澤澤山下苗。離離谷中蘭。眷眷彼妹子。灑灑弄柔翰。粼粼涤水波。灼灼照朱顏。佳期久不敦。星漢徒闌于。涼風生廣除。激音起長嘆。

（3）青青陵上陌

矯矯雲間鵠。嗷嗷水中鳬。人生苦不樂。長若轅下駒。請置雙樽酒。傾酌意所如。輕塵動琱轂。飛控游名都。夾道青梧桐。左右披流蘸。中有五陵客。劍佩相紛紆。嘉賓結華纓。美人弛羅襦。遨游極清盼。向爲久躊躇。

（4）今日良宴會

歡辰展暇豫。曲宴羅友生。朱絃起絕唱。奇音發我情。晴暉臨西隅。觴酌四面傾。微盼晚楚妃。心期馳目成。人生寡恒算。爲樂苦不盈。擬彼蕙蘭花。當春揚其英。奚爲自局脊。松栢徒青青。

（5）西北有高樓

綺閣麗朝日。高雲冠其端。珠箔珊瑚鈎。琉璃間木難。上有幽思婦。哀箏送苦言。冷冷玉指桑。切切羅襟寒。曲終吹蘭氣。芳香結素紈。獨居久太息。更啓東南軒。不愛朱絃絕。所恨芳歲闌。貞情自不偶。緲若孤飛鸞。

（6）涉江采芙蓉

陟山採茱萸。幽澗流英芳。所思在萬里。終朝不盈筐。川谷何阻

修。沈懷不能恁。常恐一朝歇。躑躅臨高岡。

（7）明月何皎皎

明月肅華軒。熠燿明深林。大火日流西。天駟縱橫陳。蒹葭振秋露。青女何逡巡。紫桂榮巖中。涼風披我襟。昔我執手交。乘時揚玉音。不念下車約。詎曰無他人。楚王重故屨。魯婦惜遺簪。初懷豈不然。悠悠傷人心。

（8）冉冉孤生竹

苒苒園中葵。晞暘發華滋。與君結衿裯。宛童托桑枝。黽勉同雨露。不敢恃恩私。萬里遠從戎。綿緜潤相思。卉木旣已萎。檀車何遲遲。沃若紛茗華。朝榮暮還萎。豈待鵾鵶鳴。然後傷春姿。君心諒盤石。賤妾何當疑。

（9）庭中有音樹

堂中有芳艸。其名曰杜蘅。馨香從風披。碧葉搖紫莖。美人眇清盼。朝露長盈盈。欲持贈君子。道遠不及情。

（10）迢迢牽牛星

燦燦河鼓星。湜湜銀漢瀾。約約天孫姿。媞媞凌彩烟。靈軒浩方駕。千秋有常歡。懷茲舜英子。杳若居雲端。何不隔萬里。相望不可攀。

（11）囘車駕言邁

總轡登遥嶺。下阪荒以蕪。幽谷多悲思。回風交女蘿。豈不憐惠好。傷枯在須臾。奮盛固有終。揚斾當先驅。媿非魯陽公。安能挽日車。飄忽隨飛雲。英聲爲我廬。

（12）東城高且長

北林疎且森。飛鳴自相求。朱蘭萎白露。竹栢俄然秋。遭物悼遷速。時運一何遒。葛屨慘履霜。山樞譏層憂。何不蕩情志。歲月無綢繆。南國盛羅袖。囘波瀾清眸。披衣撫夜光。端坐彈箜篌。弦絕知意促。徘徊玄夜修。微風冐鬢髮。落月深梧楸。願爲手中線。繫君雙瓊鈎。

（13）驅車上東門

走馬登北邙。左右望長道。丹旒何翩翩。涼風吹白艸。中有朱門客。顏色曾美好。朝辭金玉堂。暮望白鶴表。上刻丁令威。相呼豈能曉。人生若颺風。在暮不識早。壞土又何知。賢愚同一葆。飲酒吹笙竽。恐爲聲色夭。不如求神仙。欺我以難老。

（14）去者日以疎

來者日以促。逝者日以沈。攬衣顧中野。丘墓饒荊榛。迅商爲我妖。桃李非我春。棘門多鳴鶵。獨嘯愁空林。生者既已悲。況乃丘中人。

（15）人生不滿百

寄生若蜉蝣。慮與丘山齊。崇憂積弱體。何爲速夭機。爲樂當順時。天命各有期。大鳥扶羊角。奚能戁鸒斯。適志爲我榮。浩然極無涯。

（16）凜凜歲方暮

戚戚歲將晏。嚴霜掩我扉。蜻蚓夜悲唅。遠道思征衣。素杵振芳袖。金刀遲夜揮。馳懷在君側。夙昔夢容姿。朗月照虛牖。錦衾爲我披。何不相翺翔。膠膠雞鳴時。颺往不相攜。又不敘中離。雙鵁〔註95〕飛雲中。衷意與我違。萱艸竟安樹。浮雲不顧歸。誰能理心曲。薄暮娛清徽。

（17）孟冬寒氣至

朔風日夜至。素雪陵廣陌。空庭發虛响。俯聽羣動息。招搖指孟冬。玄鸞駛靈策。客從遠方來。貽我尺一帛。馨香緘密言。深情託姸跡。中有千萬字。意中皆歷歷。君行久不歸。對此淚沾臆。

（18）客從遠方來

客從遠方來。貽我金博山。是君手中物。寘妾懷袖間。文彩雙梧桐。上有和鳴鸞。刻以丹青文。銘以同心言。朝夕不離此。誰令蘭麝寒。

〔註95〕原文爲異體字。

（19）皎皎明月光

蕭蕭宵征羽。飛音在我劳。蕙艸日夕凋。黼帳羅清光。彈琴寫離思。有狐逝我梁。狐涉尾不濡。我濟河無航。褰裳不可度。太息以傍徨。

3. 五言古詩‧述懷

（1）詠史十首

少小鄙章句。托意觀羣英。儒術羞仲舒。上策謝賈生。慷慨聲入天。晨風告我誠。莫邪有一當。痛憤舒所盈。東射挽天弧。西顧紓長纓。勳成復振衣。何如青門平。

苊苊谷中蘭。飄飄車上塵。揚彼糞壤質。冐此芳香晨。饑鴟在層霄。鸞孔無佳音。豈獨憎與愛。理勢良有因。王莽居阿衡。頌德稱同心。孔聖豈不賢。削伐時相尋。

西京昔繁盛。龍驥相馳驅。迂怪抒秘說。狙獪發良圖。奴隸麾旌旄。豎子輕匈奴。刀俎旣日月。珪爵亦須臾〔註96〕。獸走必竭才。削木無棄株。明王有大略。賤士亡其軀。相如雖不用。乃駕西南車。身夗奏封禪。懷情亦區區。

鷹隼擊曠野。朔風張高秋。郅支旣驕悍。陳湯啓奇謀。萬里揚漢誅。旌旆何悠悠。馬飲都賴水。手持單于頭。日月爲精光。犬羊竟和柔。功成忓執政。曲筆相誅求。賞薄皋屢重。金多益見尤。威馳青海西。身老燉煌囚。千烁爲涕泗。當年不相收。但聞五矦貴。夾道延朱樓。

子胥昭關外。范蠡狗穴中。含忠復懷智。屈體若秋蟲。時運一朝會。抵掌明王宮。建策如懸流。納諫如披風。報讐見日月。雪恥舒心胸。虎步東南隅。誰曰非英雄。鑭鏤旣已賜。金人徒爲容。學道善功名。遺言在藏弓。

驚風吹白日。華景苦不周。嗟此蓬纍子。抱玉恒淹留。彤宮羅將相。飛葢承華輈。舉袖星辰移。頓足江河流。自非通天客。誰能相攀

〔註96〕原文爲異體字。以下皆是。

求。杖策追仲連。高蹈東海頭。解劍開明門。息馬昆吾丘。

我思孔文舉。高吟猛虎詩。又聞嵇叔夜。形淡神仙姿。出處既雲澤。興懷亦殊規。一朝嬰讒忌。絕質同所歸。鐘鏞既巨物。抗之乃益危。龍鳳非常資。沈之以生疑。木鴈不可必。大道任委蛇。氣雋復疎才。持此將安之。

蕭蕭白楊樹。枝柯同根生。截根委丘壑。裁枝餂丹青。中道既殊異。彌年闕關情。讀彼下車詩。涕下深縱橫。成皋笑初約。玉牒竟同升。誰謂入宮妬。翻成金石盟。貧賤多刎頸。富貴如浮萍。遂令管鮑交。千秋垂令名。

昔日燕太子。仰首憂秦氛。願言出奇計。一往立國勳。太傅薦田光。乃以荊卿聞。匕首未深入。國士先軀分。惜哉秦舞陽。枉殺樊將軍。〔註97〕

漢帝遊武垣。望氣得鈎弋。萬乘一朝顧。紅顏生羽翼。蒼龍成抱中。翠鳳去君側。宛轉求一言。叱呵不能得。棄置不復陳。歔絕自夙昔。〔註98〕

（2）新安四懷詩
朱布衣允升

布衣歙人。明天文術數之學。高帝建吳時。畫策行間。不受官爵。帝常與允升期開浙嶺道曰：「我開而入。子開而出。君臣遇于嶺上。」帝又常親至其廬。題其樓曰：「梅花新月」。至今猶在。

天下方戰征。傑士蘊大畧。一朝遇眞主。奮懷肆所托。朱公識陰符。抗議當龍躍。酈生自不狂。儒冠乃岳岳。卓犖見天人。玄策著戎幕。白衣處行間。荒塗信奇諾。指揮敵萬乘。君臣竟諧謔。遂令明月樓。飛酒蛟龍作。志闊魯連徒。跡高留疾爵。握手交至尊。拂衣但寥廓。我來訪遺風。子孫皆耕鑿。壯公風雲姿。不爲釣餌落。茅簷翔隆

〔註97〕文本亦收錄於「陳立校本」，卷二，頁43～44。其詩題名爲：〈詠史〉。
〔註98〕文本亦收錄於「陳立校本」，卷二，頁44。其詩題名爲：〈詠史〉。「棄置不復陳」作「棄置勿復陳」。

準。今時已蕭索。三覽軋坤編〔公注易〕。于焉採芳葯。

胡少保宗憲

少保浩蕩人。鱗甲貯胸臆。常隨豪健兒。醉罵文墨職。清邊高雲
驄。靜海傳飛檄。旌鐵半天下。樓船大浮白。膚功首石塘。北海收奇
績。未聞杯樽除。已見鯨鯢斥。長劍非蒯緱。俊鶻難近格。帳中羅袖
人。幕下珠履客。英雄有跌宕。脫略亦不一。白鹿獻明王。黃金餌巾
幗。邑有葛強歌。野清鼃人鹹。功成心已縱。權落事安適。可憐顧榮
扇。還作江州幘。引決有金戹。空山寡列栢。千秋戡〔註99〕閭閻。斯
事亦歷歷。勳名慎所從。典型在夙昔。

汪司馬道昆

赤虹兆司馬〔公虹降而生〕。腰腹何縱橫。雲章辨佳夢〔公少時夢雲中寫天
下文章字〕。少小多奇聲。開口咏鳳凰。丰俊秀骨成。黥竄班左字。漁獵
周秦英。傲然取高第。弱冠稱神明。三十朝大夫。四十階中丞。小心
和諸將。豁達紓長縷。鮫人紫海靜。葡霧越臺清。三持南紀節。一為
薊北行。金城輸上策。玉帳揚明旌。羊公不儒緩。元凱方崢嶸。躍馬
復讀書。揮翰兼譚兵。不戀大將權。歸來事友生。顧盼王李間。奚必
非齊盟。琉璃映筆牀。碑版照文瓊。高會必平原。張樂擬洞庭。珊盤
進綺食。一飯常數傾。鳴鐘二十年。邑落賢人星。遺文空素業。哀贈
幽國經。到今華陽館。白日啼鼪鼯。如公文章伯。慷慨垂功名。九京
有可作。國士當合并。

王山人寅

山人歙人。有奇氣。詩效太白。教游天下。棄諸生而學神仙、喜
劍術。少年遊梁。為時賢所知。後客胡少保。多條畫。少保不用其言。
故敗。晚逃于禪。欲游海外五岳。更號十岳山人。

王生尚玄俠。七尺何昂藏。生長舒皖間。高視談霸王。奇謀望范
增。英盼儀周郎。擊劍梁王臺。賦詩夷門旁。托落交巨公。自稱張子
房。豎儒安足為。去之若桁楊。結客劇孟徒。學道尸公卿。口誦六韜

〔註99〕原文為異體字。

文。腰懸萬畢方。乘風輕五岳。招手呼雲將。海上迂怪客。燕趙椎埋場。執手或大笑。觀者徒蒼茫〔公常遊中原遇刼者刼者聞其俠名贈三千金而歸散之〕。中年好逃禪。頗復資清狂。長揖大將軍。鐃歌亦洋洋。一人諫不用。痛哭伸哀章。大道雜龍蛇。斯人未可詳。家徒四壁立。身散千金裝。白下孫楚樓〔公所修〕。公家讓松堂〔公所居〕。流風猶可懷。于今神內傷。

（3）五懷詩

王靖遠驥

　　靖遠出太原。昂藏見鋒礪。讀書三十餘。法律兼戎祕。結組文皇初。目習邊塞事。通宦歷仁宣。恭逢睿皇帝。是時西戎驕。甘涼日凌替。諸將方鴈行。坐視黃塵蔽。豈無材官雄。躑躅金鉦內。公持司馬法。豹袖揚清袂。請身行朔方。連絡諸軍鑾。始尊大將權。赫赫雄節制。儒帥殉軍中。金鼓動西裔。三道爭高勛。千里驟精騎。天聲壯石門。黑泉亦相繼。遂令左賢王。嗒〔註100〕血龍城會。俊鶻方一擊。英姿實奇銳。乃啓木川功。君王問中貴。杖鉞臨滇池。徵兵四方至。黃金細鎖甲。朱弓映旌旆。憑藉定西矣。再整征南氣。金齒簸蜂旗。思任失螳臂。餘聲振維摩。鼠首亦終碎。于時大獻捷。凱旋至尊慰。牛酒出尙方。金錢傾國計。士歌東山詩。身承景風賚。天下方太平。物力正盈熾。故使平蠻軍。屢駕猶堪贅。英皇北出師。時論乃相剌。不聞平城圍。更爲絳灌累。分司守南都。虎臥風塵際。訓練橫江兵。飽作龍驤勢。威名人所行。遂異身亦追。及乎奪門功。又與風雲綴。躍馬五十年。百戰無強對。頗得一士力。卒成萬里志。美人鸚鵡杯。部曲明光鎧。雖聞薏苡多。不愧雲臺繪。嗟哉此何人。功名竟常在。

于少保謙

　　少保事宣宗。懿業亦顯爍。時危識忠臣。已已難方作。賊臣弄太阿。諫書爲之郤。黃雲暗翠華。白日晦幽朔。公從九列下。乃奮三廟略。親掖郕王袖。屹立如山岳。寶位安可虛。袞衣新御幄。逆

〔註100〕原文爲異體字。

虜挾重質。中原勢方弱。公時分玉帳。一一蛟龍躍。首破遷國謀。
再釋猛士縛。紫荊雖軼蕩。燕山正犄角。不放胡馬驕。更使乾坤泊。
金繒非至計。涿易森扃鑰。擒伏中行說。單于氣甚削。坐致八駿馬。
歸自龍沙漠。豈惟楊濟興。奉迎義不薄。獨石屛北藩。八城何落落。
授策龍門關。嚴疆定武索。西驛通夜郎。南征掃白雀。萬里奉指揮。
三陲載清擴。君臣旣相懽。智勇見開拓。當時景皇帝。屢下鳳凰諾。
關西辭甲第。御首顧湯藥。千秋遇已深。斯誠著葵藿。遲遲紫微變。
攘攘義蟠數。南城鍾鼓鳴。西市風霆薄。誰謂屬鱗薊。翻代麒麟閣。
功高讒每深。身歿義彌灼。傳聞玉斧聲。不信金符約。凄凄原廟後。
耿耿沈冤濯。鳳詔悲松楸。白雲滿檳桷。我來哭英雄。涼飀起陰壑。
山川存浩氣。華表歸玄鶴。父老拜舊祠。有司啓丹臒。嗚呼社稷淚。
慷慨猶如昨。

徐武功有貞

　　通材世所貴。機穎見夙成。武功銳頭兒。早飛翰墨英。九流如泉
貫。武庫張鋒稜。讀書待時變。核練思功名。愀然裕陵初。已策胡塵
驚。憂國早上書。雪涕當明廷。豈知奠甹計。不在甘石經。參差大議
格。感慨恩讐興。一麾竟持節。乃治河南兵。馳驅太行道。蹀躞河隄
行。于時張漱役。頗陋宣房程。決口金堤堅。潛波龍宅更。朝廷水衡
錢。郡國薰秸征。費省十七八。杭稻趨神京。晚登烏府臺。悵望南宮
城。龍樓鎖明月。彤陛無列棖。父老或下泣。虎旅凄皇情。景陵雲袞
闃。謀士陰符精。須臾挾日功。歷落昭晨星。南郊鐘鼓再。北關貂蟬
盈。翦仇據黃閣。履正裁簪纓。何意袁盎惡。復見蕭朱傾。崎嶇金齒
道。更托風雷生。公才不世出。遇事多剽輕。惜哉鷹鶚氣。不作鸞鳳
鳴。張敞輔經術。士季深縱橫。千秌望英物。鱗甲豈可平。

王冢宰恕

　　終南氣森秀。磊落生天人。冢宰富經術。峩峩冠羣倫。胸映秦鏡
徹。下筆丹心陳。淮海朱轓舊。荊南節鉞新。邑無蜚鴻歌。野多隴麥
春。移府開中原。垂潤布河津。公才有挺達。公議無屈伸。其時昆明

南。萬里聲斷斷。頗聞中使橫。天子咨重臣。公也驅車來。鎮撫蠻江濱。一摘豎子罪。載使夷獸馴。神羊在當道。鸚鵡爲逡巡。還長南臺官。屢存北闕心。治吳雖不久。猶足方周忱。茂陵能納諫。公氣乃益振。封章五十餘。大抵皆批鱗。舉朝望汲黯。憂國稱祭遵。嗚呼龍馭遠。不得奉丹宸。孝宗初即位。首召端薦紳。國人頌赤舄。僚 〔註101〕 采聽車輪。皆謂梧桐樹。可當鳴鳳晨。公時既力答。明主還賜珍。愛惜 〔註102〕 名器重。獻納大體親。不假徐陵書。何俟顏竣嗔。隆眷猶未替。貝錦何忽臻。歸來池陽下。南山爲我鄰。卷素明青松。玄風吹角巾。嘉賓屏車騎。談論搜經綸。一身繫人望。隱若稱和鈞。榮鏡及期頤。匹練歸上眞。再值武皇世。朝野爲酸辛。猗與二宗盛。光岳生甫申。吐氣爲虹蜺。置身爲祥麟。杳杳百年後。咢望如星辰。斯人不可作。蟪蛄滿荆榛。

王威寧越

威寧恢奇人。短衣動宸眷。始率幽并兒。薄與匈奴戰。未甚摧折膠。已復資精練。往者失河南。關西事日變。公時捲絳旌。夜伏黃河岸。遠謀知擊虛。近發如奔電。馬繫閼氏頭。血洗芙蓉劍。時聞陰山哭。更見鐃歌宴。勳名恥後人。托業知機便。再試青海功。復整天山箭。懋賞既已殊。奇功亦自衒。代北與河西。往往當一而。雄姿誤所憑。飄若秋風捲。雖然鼙鼓思。屢動承明殿。平生仰若人。浩蕩流英眄。玉帳傾金卮。健兒牽玉腕。顛倒必在握。出沒如飛翰。微服藍田時。射獵視霄漢。未使青樽愁。更望髦頭見。晚出賀蘭山。猶矜白羽扇。戰功每百全。豈曰皆中援。張騫既失矦。李廣亦髮短。吁嗟鐘漏盡。不見山河衍。狼居如可封。威聲豈遙緬。

——文本摘自清·李雯撰，四庫禁燬書叢刊編纂委員會：《蓼齋集四十七卷·後集五卷》(北京：北京出版社，1997 年 6 月，《四庫禁燬書叢刊》清順治十四年石維崑刻本)，第 111 冊，集部，頁 280～290。

〔註101〕原文爲異體字。
〔註102〕原文爲異體字。不知讀音。疑爲「惜」字。

《蓼齋集・卷十・五言古詩（二）》

1. 述感二

（1）古詩一百首

孟多霜氣肅。百草何離離。仰視浮雲光。逍遙東北馳。雲中雙白鵠。楚楚好裳衣。一鳴震玄谷。再鳴歷九谿。思欲託遺音。影響不可追。日暮不遑食。誰云常苦饑。

海上有飛雲。飄飄若華蓋。一朝遇颶風。適與飛蓬墜。差池蔽郊藪。嶔崎蒙翳薈。豈曰天路遐。如何久滛〔註103〕滯。野馬出中田。蓬蓬蔽清氣。時命雖可知。升沉眇然至。翩翩夜行子。相與勞芳歲。

挺挺〔註104〕孤生桐。乃出嶧山陽。上枝飽雨露。下根歷雪霜。幸逢伶倫子。斲我中宮商。鳳歎有餘思。龍吟清且長。高山亦峩峩。流水亦湯湯。當世有鍾期。誰謂希音亡。太息朱絃絕。委擲寘路旁。

葛生蒙楚中。枝葉紛相糾。寒女採之去。織作供王侯。朱明便玉體。輕麗眞罕儔。常恐涼風發。疏薄成九秋。彼美盛顏子。禦多狐白裘。春氷一以澌。衰歇良相侔。天時有代謝。人事焉可周。棄置勿復陳。委順故無憂。

朗月出徘徊。流光照綺席。華鐙若繁星。眾賓娛芳澤。滿堂皆美人。誰知心所暱。客散朱門衰。中堂生杞棘。鐘鼓有遺音。繁華在夙昔。褰裳舍之去。去去無終極。千秋雍門琴。斯人爲我惻。

驅車上九曲。策馬馳羊腸。輪蹄豈不堅。險路安可常。路旁桃李花。灼灼有輝光。未懼秋風落。先恐春風傷。短褐爲我衣。疎葛爲我裳。美服畏所玷。珮璲何須長。小人逞盈願。君子戒太康。彼美山樞詩。永言未可忘。

征禽屬佳翼。迅商薄空虛。浮雲蔽城闕。遊子不克居。樹木何萎黃。俯仰見丘墟。嚴霜結衣帶。葛屨俄已濡。我道非曠野。奚爲遠躊躇

〔註103〕原文爲異體字。
〔註104〕原文爲異體字。

蹐。巖居羨猿狖。水伏思淵魚。奈何壯士顏。慚此徒嗟吁。

　　春風動百草。菁華誰不然。朽質發新條。靡靃自相憐。眷彼蕭艾姿。含榮向我前。自昔蒙天惠。光澤豈自堅。須臾鶗鴂鳴。朱陽忽已遷。微霜被蘭皋。芳盛誰終延。躑躅臨中天。

　　戚戚不能寐。仰視華月陰。朔風吹高樹。孤鳥相追尋。羽翼豈不豐。擇木良苦心。寒雞思擁翅。征雁揚哀音。二蟲又何知。戔戔不可禁。中宵寡聲聽。整坐彈鳴琴。慷慨不能言。游思若飛沉。

　　高樓激清風。薄幃生微凉。上有憂思婦。窈窕振蘭房。輕袿被阿錫。雜珮臨風長。盛年歷九秋。皎若寒素光。側聞東鄰子。懷春驚中腸。良人多巧笑。宴婉結匡牀。中道生狐疑。歇薄隨朝霜。

　　落日依曠林。悲風委蘅薄。悠悠千里思。遠望自蕭廓。泛舟越洪瀾。川路浩以博。下有求匹鴛。上有孤飛鶴。相思既非儔。異音誰見索。禾黍〔註105〕生道周。紛紛集鳥雀。飽食遂拚飛。爲群安可托。諒非金石交。難與固丹臒。

　　漢濱有游女。洛上出靈妃。榮華麗朝日。粲若芙蓉姿。華星爲上裾。紫霞爲下帔。左右披蘭風。光彩揭桂旗。於世渺不接。曠年一來儀。鶬鶊邈以異。鳧雁近見欺。不見復關女。涕泣生貿絲。邯鄲多美人。挾瑟將安之。

　　昔時八駿馬。馳驟凌秋風。崦嵫日已暮。稅駕將安從。歷歷山川間。杳杳雲霧空。將騁萬里塗。天路焉可窮。夸父迅不停。羲和瀾無踪。終然不相及。鄧林爲青葱。不如反息駕。服食多從容。逍遙無何鄉。婉孌太始宮。

　　日暮飄風至。蟋蛄鳴西山。牛羊欲下來。桑柘凄以寒。淋潦漫中區。禾隴無術阡。遠望周千里。浩波隔山川。天吳戲方渚。魴〔註106〕鯉不得閑。密林無靜樹。驚鳥相與旋。俯憂洪濤深。仰苦巨石顚。曠哉天地惠。蹦蹐誠可憐。

〔註105〕原文爲異體字。以下皆是。
〔註106〕原文爲異體字。以下皆是。

欸欸歲云暮。雨雪明清林。肅肅猛虎步。悠悠高山岑。覽物見凄寂。眾壑來悲音。念彼丘中士。端居鳴素琴。佳人杳天末。河漢廣且深。被褐懷瓊玖。遙望意所親。願言托鳴鳩。惠音恐不眞。微響發清高。誰知我苦心。

登車臨長道。脩坂鬱嵯峨。蒙茸造雲日。狐鼠紛相過。顧盼生踟躕。荊棘恒苦多。子犯辭下車。白璧沉黃河。眴眴龍蛇客。浩歌將如何。

離離園中棗。結實如垂珠。奈何卑枝條。頃筐當路衢。不待秋霜至。披枝實無餘。願蒙主人惠。移根植庭隅。密蔭翳華榱。丹黃暎玉除。金盤薦珍味。顏色自敷愉。嘉賓盡云美。不惜微賤軀。

潺潺沅湘水。上有脩竹林。佳期在何許。風雨交清陰。百草樹蘭房。飛龍日駸駸。朝採旁洲杜。夕遺下女琴。沃若紛九州。長笑臨高岑。翩翩蒼梧雲。渺渺傷人心。

憶昔不得意。薄遊觀帝京。朱霞冒員闕。朝日麗太清。槐棘何森列。冠珮肅雞鳴。趙李有更徹。蕭朱無定形。馳驅朝復旦。時勢若流星。甘泉烽火動。宣曲縵胡纓。密雲自西山。悽愴傷我情。

初秋兆涼氣。垂露結朱絃。中夜理憂思。高張送苦言。天寒知袖薄。歲暮無芳蘭。佳人乘微尚。妬者亦不閒。陽喬自言美。誰知魴與鰥。褕翟自言殊。誰知素與紈。紈素一朝歇。中詠激長歎。

陵苕附松柏。擢穎自飛揚。將謂同霜露。一旦更離傷。浮雲無本根。冉冉隨風颺。出岫本一區。漂泊成兩鄉。我與二三子。曲宴此華堂。携手既合席。臨斗各盈觴。今日樂相樂。永世莫相忘。

出門何所之。悵望臨中野。白日翳丘壟。誰是長年者。蜉蝣與我游。燭龍不可假。高風吹白楊。短策馳車馬。悠悠嘆斯人。哀章〔註107〕用申寫。

驊騮思伯樂。寶劍待風胡。冥合自有眞。千載不相渝。奈何山川隔。契濶成觺紆。差池歷歲月。遠望越秦吳。駕言俟知己。有心誰見

〔註107〕原文爲異體字。以下皆是。

輸。馮公既晚達。買臣亦上書。徘徊蓬蒿下。傾側欲何如。

　　平生結交人。邯鄲遊俠子。左彎繁弱弓。右接忘歸矢。馳逐越九阡。縱綏或百里。中宵疊雙翰。鳧藻生蘭沚。叢臺下成蹊。華堂驚桃李。自謂芳盛年。須臾為皓齒。白日下虞淵。鼓缶誰能已。

　　迢迢山上風。吹吾谷中琴。飛雲千里暮。悵然懷歸心。鹿鳴求其儔。饑鳥翔空林。組帳雖高褰。明月忽以陰。玄斗媚幽澤。女蘿蔽岡岑。高臺有時踐。凝霜嘗見侵。雲中有若士。可以惠清音。

　　玄陰散川陸。素雪何紛紛。整駕登我途。山谷曠無群。章甫疑越鄉。橘柚慚淮濆。出門各異尚。離俗思所親。端木竟結駟。歷說馳令聞。賢哉陋巷子。何用獨殷勤。

　　團團豫章木。七年始見知。靡靡射于草。朝夕見榮輝。植根諒非一。天地豈吾私。幽蘭媚春谷。桂樹矜秋姿。蟋蟀鳴中堂。天漢東南移。風雨有雞鳴。斯言不我欺。

　　清蟬鳴樹間。但飲不能食。與世亦無求。相驅何太忌。鶗鴂逝君梁。相呼振羽翼。食君池中魚。厭君堂上客。儔似既云多。有矢不遑弋。河清詠伐檀。赤祓徒三百。駕言激商歌。斯人在巖澤。

　　長夜發幽思。鳥啼警清旦。玄霜依玉除。誰知歲方晏。代馬驚北風。翩翩若飛燕。懸景忽易徂。仰觀眾星爛。升降千里直。哀鳴且天畔。

　　杖策辭河朔。遠上燕昭臺。黃金不可見。但覯蒿與萊。蒿萊無終極。白日生黃埃。我本南國士。朔風何盈懷。駿骨徒已具。涓人殊未來。徘徊銅馬門。睇望心悠哉。

　　幽思展南澗。游步出東皋。若華臨海樹。銀闕麗波濤。俯仰望三神。凱風吹上潮。秦王有遺跡。羽騎登山椒。願言食靈棗。安期不見招。褰裳復濡足。薄暮心徒勞。

　　玄鶴何徘徊。長鳴警霜露。朝游懸圃林。暮宿三株樹。颮從海上來。罻羅忽相顧。屈此天上姿。作彼庭中步。鷃雀傲我前。雞鶩狎我素。六翮有時修。千里一朝度。玉禾可長年。母為弋者慕。

　　戰馬出長城。含霜齧衰草。朔風吹沙磧。日暮交河道。懸蹏裂層冰。筸彎若束稿。囘首望玉門。貳師成功早。神駒獻至尊。天閑肅清顥。渴飲太液泉。饑餐上林薁。未得駕鼓車。爲食常苦飽。

　　蕙蘭本同谷。江漢有合流。翹思慕遠人。仗劍臨九州。大雅未云息。興文多獻酬。良璧抱和氏。明月出隋侯。光彩各陸離。揚聲動林藪。駕言理玉燭。然後銷吳鈎。時命未可知。何爲懷百憂。

　　昔余好奇服。高冠嘗切雲。上書伏北闕。思欲遠從軍。閶闔猶未開。觀者爲逡巡。歸來息巖谷。磊落游藝文。仗策從牧豕。浩歌當採薪。狂狷非世務。斯言誰可聞。

　　清晨秣余馬。日仄登椒丘。浮雲夾徃路。飛鳥自沉浮。探芝願三秀。結珮臨長流。馨杳旦夕發。佳人來見酬。彼美瑶華草。足以遺我憂。

　　扶桑出東海。光景何隆隆。川谷晦雲霧。精采不見融。蝃蝀累天步。指者一何工。青蠅在樊外。白望居笥中。珍愛苟不疑。何足畏飛蟲。明明君子德。要之期令終。

　　凉風振飛蕉。日夕離本根。壯士無行伍。罄折欲何因。井水無層瀾。霖潦多獨源。秦王不舉甹。烏獲已丘墳。夸毗非我則。耿介聊自存。

　　義和縮飛轡。夙駕待雞鳴。良馬未及騁。流光逝我庭。嘉辰思秉燭。玄夜發鳴箏。羽觴渥朱顏。綺縞臨絕纓。一爲別鵠調。哀響結中情。蘭膏既已竭。爲樂苦不盈。軒車來何遲。局促徒并營。

　　誰能戚不思。誰能悲不歌。白露下中庭。繁星歷天河。牽牛眇微盻。織女思凌波。終日不成章。機杼何須多。窈窕閨中女。當軒揚清蛾。明月照廣袖。攬之有餘華。芳蘭竟玉體。歲暮今如何。

　　高山集鸞鳳。大海變魚龍。明主揚天惠。清廟肅宗功。羽舟出流沙。白雉遊景風。驅車巡五嶽。樹羽臨萬邦。峩峩□冕士。仰首歌時雍。投竿上麟閣。釋褐隨登封。萬里一翱翔。俯仰何從容。

　　芊芊池上柳。泛泛水中萍。高卑雖已異。自言本同生。飄風吹霖

雨。流潦浩縱橫。隨波遠別離。各自懷青青。不如寄生草。枯桑托微莖。今歲雖同落。來歲還同榮。

飛燕銜青泥。翩翩上君屋。徘徊玉梁間。日暮自栖宿。何意挾彈子。過我揚雙目。羽毛幸非豐。微軀不足辱。君家空倉中。鳥雀相追逐。雖復同飛鳴。於我無近欲。既不登君俎。亦不食君粟。飛飛上青天。無為傷心曲。

獨活生山中。無風常自搖。人生非有定。夸譽時相招。象齒以焚身。孔翠賊羽毛。懷才自愛惜。乃更多絢撓。安得蕩人世。舉手從琴高。

昔日工顏子。遺影在巫陽。徘徊玄龍下。彷彿凌風翔。素袖垂朝霞。華綏若流光。遙睇凝秋暉。惠言結春芳。攝景同歡宴。恍忽竚蘭房。願為女蘿草。連理生高唐。千秋成華實。葉葉還相當。

惠風感山澤。翡翠吟蘭苕。芳草一朝歇。化為蕭與茅。卷葹盈戶庭。無心一何勞。含榮欲相向。采拾迷中宵。願君慎懷袖。寵質從所昭。

登山搴宿霧。出谷聞鳴湍。龍驥不在御。千里何時還。玄景忽不見。陰翳起棠檀。仰步天漢光。北斗何闌干。形影自相接。薄帷搖素紈。撫枕獨吟嘯。泪下如汍瀾。

步出郭北路。遠望吳王城。通波揚微瀾。高臺亦已平。日暮絃歌子。輕薄繁新聲。梧桐落後園。麋鹿遊前庭。霸氣忽不續。金虎亡其精。獨有延陵子。清風繫我情。

大臬出東海。游戲若崩山。目懸明月珠。鬐觸萬斛船。風雨隨之來。海水揚其瀾。一朝委泥沙。絕命螻蟻間。不如涸轍鮒〔註108〕。尺波足盤桓。任公不肯釣。還入游滄淵。

昔行齊魯郊。遊目瞻岱宗。昊天肅清氣。朱霞冠長松。浮雲不顧歸。翩若披九鴻。是時季冬節。玄冥司北風。重陰起大麓。我馬何蒙茸。獨行曠無侶。緲若孤飛蓬。明堂有遺制。哲人悲道窮。吁嗟梁父

〔註108〕原文為異體字。以下皆是。

吟。聊用寫微衷。

　　曄曄將離草。贈君欲遠行。春風動羅袂。千里傷人情。九衢宕若波。飛鳶已抗旌。高山木有枝。萋草馳目成。青驪從日逝。蘭露隨風傾。芳草在懷袖。無使鶗旦鳴。

　　南山有奇鳥。毛羽何繽紛。世無琅玗實。仰首望青雲。蓬池可逍遙。三鳥爲之群。鳴聲動閶闔。徯我聖明君。

　　團團山中桂。綠葉搖紫英。中心自生蠹。枝葉忽相傾。願言事君子。惠好結中誠。巾裾同婉孌。明義著丹青。一朝更離異。貝錦日夜成。昔爲膝上琴。今爲澗水萍。非君美無度。何以涕交膺。

　　駕言遠行游。遠游華山陰。三花對玉女。迷谷羈我心。仙人王子喬。吹笙若鳳吟。羽衣曠不接。清風披我衿。

　　閑夜肅清聽。素月流層軒。烏鵲東南飛。□〔註 109〕帳隨風褰。旨酒既盈觴。傾仄懷所歡。寶瑟怨瑤柱。凝霜朗夜彈。夙昔夢君子。其芳若幽蘭。同心不可見。誰與慰歲寒。

　　百川到黃河。歲月何滔滔。龍門險崒嵂。層波爲之高。相彼呂梁人。披髮乘鴻濤。出入任天機。鵠舉凌風超。精衛填滄海。毛羽自翛翛。千秌有遺恨。豈惜無成勞。

　　白蘋乘秌發。朱火頹素波。鷹隼旦夕逝。委謝觀庭莎。念彼征行子。辭家方荷戈。重陰晦樂浪。遠霧失朝那。馳麾屬後騎。飛控逐前和。漢虜未及交。我軍沒已多。安知閨中婦。日暮望天河。

　　朝與佳人期。褰裳採芳蘦。日暮望不來。清川澹華薄。明月照廣除。飄飄上飛閣。流蘇結綺窗。翠羽雜金錯。華燈有餘映。徽音在夙諾。未敢負中情。徘徊雙玄鶴。

　　比目水中遊。鶼鶼薄天飛。儔侶各有顧。浮沉不相依。山海無終極。性命安所違。冥靈自千秌。夏蟲亦忘機。逍遙撰〔註 110〕人世。奚爲常渴饑。

───────────────────

〔註 109〕原文爲異體字。左巾右惠。不知讀音。
〔註 110〕原文爲異體字。以下皆是。

　　當日繁華子。長安羽林郎。飲酒過平樂。驅馬出建章。美服好絃歌。作使邯鄲倡。威名過司隸。寵盛侔金張。顧盼當九衢。虎鶡自生光。豈識邊庭士。短褐侵嚴霜。十年數奔命。白骨銷沙場。

　　撫劍眺八極。奮策驅兩龍。度越塵壤外。乃心游太濛。東攬若木華。西拂不周風。俯仰悵忘歸。眞氣盈我胷。夷跖匪殊域。彭殤同一壟。華芝不足羨。況乃朝槿容。

　　委羽不可陟。弱水不可浮。八紘攬四海。失路常懷憂。中闇自生疑。谿谷羅道周。易貌須臾〔註111〕間。援劍登黎丘。玄冥晦無極。夔魖不見收。安得神禹功。胄成觀九州。

　　西登太行道。日夕望首山。松栢被徑路。微草蔚芊芊。上有浩歌士。下有清澗泉。濯纓曁我珮。纓珮一朝鮮。氷雪爲我儀。未敢長棄捐。

　　玄穹闢西氣。黃輿陷東流。夜長苦晝短。罄仄不相侔。得失在旦暮。盛衰各有由。何意乘軒子。竭馽傾華輈。時運有速遷。大壑無藏舟。猿鶴變君子。何詎無匹儔。往觀萬始會。諦察徂化週。懸車更息駕。奚問驥與牛。不若任情志。放浪獨無憂。

　　野火生空桑。炎炎奰蓬澤。支條一旦盡。云何自消克。夸名爲患害。華盛傷其實。寄身天壤間。有形苦不息。仲尼賦歸與。伯陽亦西匿。持此蜉蝣羽。采采欲安適。

　　群爵從黃口。翩翩入網羅。求食良不易。啾嗆患其多。高垣隔清聽。太山隱黃河。聰明有不及。耆欲生風波。鐘鼓享爰居。雖駭不爲囮。舉翮凌滄海。遲哉可奈何。

　　夙昔秉微尚。志好在詩書。結馴游蘋林。佩服雙璠璵。事勢一朝異。短服矜彫弧。競揵戎馬間。荊棘胥我塗。旐旟何翩翩。慷慨當路衢。意氣雖已屬。默念不終渝。

　　擊檝游五湖。泛舟三江旁。縹緲嬋娟子。振袂自飛揚。中洲采芙蓉。遺盼接榮光。脩容澹長波。隨風激青陽。安得携手笑。婉變同芬

〔註111〕原文爲異體字。以下皆是。

芳。常恐蕙蘭花。日暮速微霜。

魏客獻飛鵠。空樊不見譏。拙誠動人主。巧詐乃生疑。樂羊攻中山。啜羹啜其兒。功成上不信。心薄安可爲。莫邪在人志。鷗鳥駭天機。猗歟上世士。恬淡獨無思。

暮出北林外。飛鴉鳴我前。遠望使心悲。却顧臨洪川。朱陽翳華景。日夕不得妍。枯蓬知天風。征鳥知歲寒。如何當路子。驅馬薄虞淵。失路委谿壑。誰肯相爲憐。

輕車下長坂。迅流發松舟。憑托各有異。中路豈自由。登高令志越。臨谷使心憂。傾側有萬端。肝膽自相讐。投珠抵寶劒。可用獨綢繆。

哀樂豈有極。變故在須臾。玉顏不敝席。良馬詎終輿。橫術多颺風。翩翩吹我裾。朝遊吟北山。暮宿夢華胥。顚倒在中懷。有情自生愚。麗姬對匡牀。芻豢常晏如。破涕一爲笑。華盛寧久居。

眷彼玉山禾。可用療朝饑。相去萬餘里。道遠莫致之。虛慕使心勞。皋壤來見欺。中原自有菽。北山亦有薇。晤言用採掇。憔悴獨奚爲。

昔日詹何子。垂綸清江中。芳餌苟不施。淵泉誰爲通。活活河水流。中多魴與鱅。網罟〔註112〕一朝設。金盤寧且空。氷清無巨鱗。水濁愁魚龍。清濁不相判。煦沫常相容。

莊辛慕襄城。一言乃見親。麗彼鄂君袖。感此越人吟。時俗多工巧。徑路驟駸駸。車多術愈下。黽勉進驕淫。一聞陵陂麥。涕下沾衣襟。

撫劒臨廣野。勇氣忽若陵。胡馬仰天悲。遠望匈奴城。彎弓控鳴鏑。一發左賢傾。轉戰蒲海合。閼顏已抗旌。六羸不及駕。蹛林無人行。效命沙漠陲。全國彰令名。穹碑著日月。萬世從此銘。

丹雲蔽白日。宿霧曖重山。烈士矜志業。慷慨誰能干。越甲鳴我君。雍門以喪元。五乘遺杞梁。投軀赴國艱。魂魄隨野草。雄名在人

〔註112〕原文爲異體字。

間。太息彼二子。豈敢沉宴安。

　　良夜肅清氣。閑房貯芳塵。深帷蔽明燭。誰知獨無人。羈旅使心悸。百籟難具陳。曠然思遠度。棄置荊與榛。總轡若木巔。弭節少廣垠。飄颻蕩神氣。超忽遺此身。

　　行吟北邙路。放懷洗沉憂。春華自千歲。秋栢同一丘。人生貴適志。驅迫以生愁。犧雞斷其尾。豈羨宗廟羞。丹穴求明君。薰炙何相讐。假乘下澤車。被服將遨遊。

　　萬慮起一夕。百感隨三春。少與年俱謝。老與日相親。智故常無涯。歲月苦益侵。觸念臨觴時。悟彼泉下人。名高愧潔志。處汙傷道眞。誰曰忘憂草。可以娛心神。

　　荊楚富奇材。六郡出良家。千金買寶劍。鞍馬何紛葩。小別即萬里。射生逐輕車。玉門衰草斷。瀚海愁雲遮。鳴甲登隴坻。仰首聞胡笳。旅鴈數聲盡。朔風吹龍沙。功成復久戍。淚落層冰加。

　　三河當交衢。宛洛美都市。白璧無褐衣。軒車皆上駟。閶闔平量開。馳道速雲騎。昂首振鳴玉。飛文散清蔚。酬觴田竇交。結袂金張第。六轡既沃若。惠好吹蘭氣。豈知中理疎。倏忽成飄墜。言從季主卜。更問君平肆。

　　驚鱗辭枯澤。羈獸思曠原。青蘋起纖末。安能運游鵾。臨堂愳華樹。彷彿念所存。萱蘇在東皋。白石爲我鄰。寄言三青鳥。酉飛涉玄津。

　　道遠見名驥。時危識良臣。不遇玄冬節。安知狐白溫。仲連蹈東海。功名不帝秦。屠羊反其肆。三旌顧逡巡。臨爵豈虛讓。蟬脫乃益尊。拂衣遂高步。何時見斯人。

　　鄧林有喬木。千歲植華根。匠石司斧斤。梗楠獨無言。大枝作榱棟。小枝作檻軒。結基盤石固。跂若飛鳥騫。既蒙實客顧。復爲風雨藩。主人自安坐。工師何足論。

　　青青陵上栢。其下生都梁。雖不蒙雨露。猶得蔽雪霜。陵苕隕素秋。蘼草怨朱陽。受命自不時。寒暑固其常。木雁不可必。張單亦兩

傷。去去世上事。惝怳誠未央。

　　索居苦無徒。思結客與賓。賓客復安居。夸譽來相親。鐙火耀夜
輝。車轂起飛塵。乃悟南郭子。隱几日沉淪。

　　黃帝著神靈。弧矢避軒轅。茂陵方下世。金盌遊人間。變化從明
德。脩短有自然。濮上聞哀音。彷彿來師涓。清商下玄鶴。赤旱徒三
年。遺聲渺千祀。誰爲發朱絃。

　　重陰起北陸。晨風擊南林。托足宛鄧交。游目觀周秦。人生自局
促。怨毒常苦深。黿公死東市。袁生斃梁金。貿首若交臂。睠皆豈獨
伸。吁嗟絕命詞。何爲自苦辛。

　　朔風振四野。白日馳晶光。迷陽傷我足。怨彼周道長。驅車遠行
游。理策登高岡。造父不我顧。遙思雙乘黃。栢舟汎中流。誰謂川無
梁。太息無榜人。躑躅勞中腸。

　　來者不可絕。世慮盈我懷。罇酒未終宴。羽翼臨當乖。側足望荊
秦。俯身念江淮。昔爲棘與梁。今爲棘與柴。十里聞蟪蛄。雞鳴何喈
喈。丈夫有貞則。時命安可諧。

　　東野豈善駕。蒲旦未爲巧。疲馬傾文軒。良弓盡高鳥。麋鹿游深
山。相期食野草。苹蘋一旦傾。微軀焉能保。泛泛浮輕舟。江湖日以
淼。晤彼西京詩。惟憂用終老。

　　茫茫犬冶內。萌生自賢愚。朱草既葳蕤。射干亦紛紆。傾仄在時
位。性命安可虞。李生西入秦。韓子終見殂。椒蘭感明聽。三閭從咸
居。軒車在何許。局促心躊躇。

　　灼灼牆東葵。傾陽發華滋。忽遇飄風至。清暉不見垂。惠心昭往
素。天命良可疑。荊郇動白虹。鷙鳥明要離。精忱感絕冥。斯言久我
欺。高人鬱雲霧。感嘆從此辭。

　　應龍翔九州。蛙黽居一川。力命不相逾。升沉任皇天。朱鱉躍吳
洲。須臾落中田。命懸庖厨下。身遊鼎釜間。人生各有域。較若陌與
阡。黽勉馳榮利。虛無求神仙。欣賴隨時盡。蹇拙徒爲憐。

　　飛龜遊蓮葉。自言壽千秋。暮宿靈蓍根。朝乘甘露浮。前知爲患

害。豫且來相求。玄裳恊幽夢。蹁躚卒見收。金刀解玉骨。朱火發英疇。七十無遺策。常爲愚者謀。

步遊璧臺下。怳忽懷所思。所思者誰子。穆王與盛姬。朱顏辭玉輦。駿馬將安之。西見西王母。日泊桑論時。徃綈結斷愁。愵然恐見譏。白雲與黃脅。千秋未有期。

開明守崑崙。希有遊廣庭。千年無儔匹。志豈在飛鳴。哀彼田間雀。得食自相矜。啾啾旦復暮。栖散獨無情。

良田盛禾黍。王國多賢才。河流下滄津。朗日先層臺。皇佐揚休命。黼黻曠昭回。罄海求珊瑚。廣閑待龍駷。綺園悔松朮。韃靺四方來。泰山竚君駕。輦道爲君開。懷生盡仁壽。萬年頌康哉。

——文本摘自清・李雯撰，四庫禁燬書叢刊編纂委員會：《蓼齋集四十七卷・後集五卷》（北京：北京出版社，1997 年 6 月，《四庫禁燬書叢刊》清順治十四年石維崑刻本），第 111 冊，集部，頁 291～301。

《蓼齋集・卷十一・五言古詩（三）》

1. 述感三

（1）感興

沉居苦鬱紆。起視但平疇。群卉相對舒。好鳥當春遊。靈雨沐朝芳。廻澗鳴湍流。暉容有繁會。游光無淹留。傷我憔悴子。渺若臨深秋。桃李非我妍。翳蔚徒豊脩。幽岸積愁霖。蛙黽相啾啾。寄言舒衷腸。美人在高丘。我欲與之遇。惜哉羞雄鳩。蝘蜓生鱗甲。川谷趨道周。素情亮能依。長吟發層幽。

清郊延曙姿。暘光灑澄泓。臨風發浩歌。傷我幽思情。幽思亦惟何。豺虎漫縱橫。東海無恬波。鎬洛多嚴城。出門何所覩。太息有輟耕。黼無一日食。戶有十歲征。妻子亦已盡。存者但墳塋。飄泊苟易爲。焉能如浮萍。掩耳過此去。不忍聞此聲。驅車出吳會。北望長安行。白日崢嶸光。葵藿無時傾。

散髮崑山阿。緩步谷水湄。揚思托玄雲。懷物研精暉。即事多婉

變。坐令芳歲移。威鳳思赤霄。潛虬有幽棲。高深兩無度。是願空依
違。依違將奈何。踽顧多孔悲。方舟採木蘭。華落將遺誰。固非王子
喬。能不傷春滋。老氏返自然。莊生媿支離。是術不可學。戚戚多憂
咨。

　　薄暮起雷電。驚焱亦終朝。昊天何疾威。折我晞陽翹。流目盼九
野。震林無寧條。鵰鶚有斷翮。狐鼠多雄驕。雲霧何紛披。旭日慘不
昭。使我巖下士。中心日漂搖。願言沐清風。休光鬱相交。天衢佚蕩
蕩。冠佩從風飄。華月臨芳樹。良辰陟山椒。素節媚秋蘭。惠氣揚春
苗。媞媞宛洛遊。奕奕雙鳴鑣。此願何由遂。悵望心徒勞。

（2）雜興

　　腰間魚腸劍。跨下汗血駒。殺人遼海曲。萬里無踟躕。邊雲沒秋
草。寒鵰天上呼。紅旗捲亂雪。一夜渡蚩狐。左盼降烏孫。右顧斷斷
旅。歸來奏明光。朝拜執金吾。不用魯諸生。危冠徒嚅嚅。

　　賈生昔上書。漢主下恩澤。滿堂諸將相。一一心不懌。飄然洛陽
子。乃作瀟湘客。瀟湘烟霧深。楚國波濤逆。杜若滿芳洲。屈原招不
得。遐哉圭璋姿。渺矣洞庭液。日暮號悲風。豈惟三閭宅。

　　漢室亂季緒。其間多雄豪。公瑾小男兒。乃能輕結交。始事亦落
落。赤壁功何高。躍馬稱周郎。顧盼靡英僚。美人示敵國。精兵展戎
韜。觀其慷慨言。頗負國士遭。大業惜中斷。斯人如龍彪。

　　我思劉越石。好亂饒英姿。一朝獎帝室。身帥幽并兒。烈烈扶風
歌。泠泠□笳悲。義聲振絕域。猗盧及鮮卑。吟詩抗幽憤。下士驚雄
詞。旄頭竟不落。將星隕北陲。令我千載下。聞雞不能怡。

　　梁園賓客多。長卿昔玩世。興詞必金石。賦懷籠天地。彈琴臨卬
中。翺翔鳳凰意。妻是卓文君。君乃漢武帝。英詞告巴蜀。異域亦奉
使。豈非文章雄。激昂有意氣。托病臥文園。荒情乃高致。嘗想琴臺
旁。春風蕩遙翠。

　　有客不得意。傷心愁飄蓬。日暮登古道。單衣吹朔風。遙見騎馬
客。狐裘何蒙茸。馳鞭向我去。不知悲路窮。太公磻溪上。子房博浪

中。方其事不立。誰知乃英雄。因之發浩歌。匣中鳴吳鴻。積雪滿懷袖。令人交青松。

（3）雜詩

高舘延清寒。日夕北風至。風雅竟蕭條。端居有意氣。樽思北海持。塵念王濛〔註 113〕臂。曠懷慘已收。明鐙動籓際。身爲江海人。慚此籬下士。

仲冬天益高。林梢靜騷屑。關河霜外深。胡鴈風中別。念此更愁心。悲笳引風發。如何携手人。歲暮良契濶。相思披衣時。角巾坐明月。

讀書不得意。學劒將如何。歎息唾壼缺。陰風傷女蘿。良夜聞洞簫。龍吟清池波。拂衣動霄漢。伐鼓驚鳴鼉。寡鶴踏海瀅。足下胡霜多。

翠燭勞長宵。蘭英待氷雪。傷心徒步人。坐見驚飈發。窮途哭阮公。梁甫吟諸葛。千烁浩蕩思。十年苦寒節。枯茄語飛蓬。羨汝更超越。

（4）詠懷

端居苦多思。起步遊南山。哀禽響谷中。鼰鼠游我前。今茲一何早。落葉相翩翩。圓景未云滿。紛虹蔽中川。朱草良可掇。揚芳恐不堅。登高舒遠音。日暮不遑餐。

趙瑟發高唱。秦箏送苦音。念我同袍子。川谷多□滛。高臺結凄風。狐狸扶戶吟。鈎繟既不得。利劒安所侵。我思古烈士。去上西山岑。時俗輕夷齊。荊棘徒空林。翩翩孤飛翰。悠悠知我心。

冉冉卷葹草。桔根太山巓。自謂永不仆。凌風詣中天。何意叵飈舉。飄落非華年。朝爲山上條。暮爲谷中烟。珪玉豈不摧。蘭膏豈不然。庶幾附君子。服義良所偏。

微雲翳朱旦。谿谷何湯湯。奔魚遠驚濤。饑獸睨我旁。我將遠行

〔註113〕原文爲異體字。以下皆是。

游。遠游至湖湘。湖湘不可涉。玄甲浩縱橫。蜚鴻滿太原。白馬東西驤。國憂諒不赴。鼎食何能詳。惜哉路旁子。欲往膏殳戕。

　　驅車遵大路。桃李隨春風。芳藿既霏靡。和禽芙丹叢。道遇彼姝子。要我乎上宮。脫我香羅襦。贈我繡芙蓉。芙蓉稔芳麗。羅襦藹餘紅。豈不戀綢繆。密念多屏營。顧君好顏色。慎莫致匆匆。

　　衍衍倉中鼠。得食一何豪。蠕蠕豕上蝨。相約趨豐毛。太倉有燎火。肥豕戒鸞刀。二蟲亦何知。薄質殉所饒。李相思東門。陸生念鳴皋。英雄夂路衢。白骨無人操。功成思乞身。赤松我所高。

　　朔風吹陰雪。蕭條萬里哀。猛將出幽并。荊吳富奇材。陳兵三十萬。遠上單于臺。虜其金人歸。寶馬紛紛來。表餌何足施。玉門為我開。古人恥鳴轄。濺血義所裁。國讐竟不報。臨爓獨徘徊。

　　東海有大鳥。毛羽何離奇。少有鳳凰志。十年不一飛。天老久不作。舉世欽山翬。烏鳶及鵁鶄。相用為羽儀。枉費琅玕實。喋喋芙蓉池。黃鵠顧之去。迎風絕高逵。遺音告丹穴。鳴聲使我悲。

　　憶昔不得意。遠遊觀帝京。葵昭有高墓。荊棘無所憑。下馬長太息。西望荊軻陘。至今南陲舘。猶傳鐫刻名。祖孫皆好賢。廣殿羅群英。申讐即墨下。報怨秦王庭。得失既殊遇。千秋傷我情。

　　蒲生寒池側。清麗自相憐。聞君盤石固。得比根株連。弱顏自雕餙。華耀明朱蘭。盈盈結遠思。慊慊彈夜絃。如何曠千里。形響不可攀。金盤待鯉臾。黼帳偯玉顏。瑤琴為我拭。芳歲猶未闌。

（5）雜感〔註114〕

　　高臺隮清漢。列宿居雲端。翩翩客游子。臨風獨盤桓。飛燕過中庭。傲我雙飛翰。游戲臨長衢。俯激清水瀾。羽衣曠不接。綺閣羅周垣。顧瞻望城闕。涕下不能彈。

〔註114〕文本亦收錄於「陳立校本」，卷二，頁 17～19。「蹐促私自憐」作「局促私自憐」；「悲風來廣陌」作「悲風來廣漢」；「忽見單于庭」作「忽見匈奴庭」；「浮雲起大末」作「浮雲起天末」；「傾仄何須多」作「傾側何須多」。

飄蓬生空桑。枝葉自相纏。植根諒不固。隨風入幽燕。幽燕非我鄉。不識陌與阡。朝從蜉蝣飛。暮逐野馬旋。歎息累遙夜。踽踽私自憐。寄言謝松栢。託基得高堅。

高樓有思婦。秉杼發長歎。中宵成霧縠。永日絹方紈。織作雖云勤。未知我所觀。望君如明月。朗朗出雲間。谿谷何阻脩。深林蔽其端。不知雙龍鏡。拂拭御欂軒。未瞿君懷袖。誰能整珮環。

悲風來廣陌。蕭蕭多白楊。出郭無人民。荊棘鬱蒼蒼。燕雲盛游俠。突騎出漁陽。曠望不可見。側足岐路旁。彼桂非我薪。彼珠非我糧。日暮空倉雀。啾啾自飛揚。

西山何崒嵂。白雲蔽巖陘。遠望周四荒。忽見單于庭。撫劍倚天街。駕言遠從征。參畢爲我御。勾陳使當兵。決眥赴萬里。洒耻酬百城。惜哉時不與。太息徒屏營。

浮雲起大末。眾星何搖搖。登高望平原。川谷聿蕭條。桃蟲滿四方。弋者抑何勞。水深河無梁。舟子不可招。驅車臨大江。策馬過成皐。國讐諒不雪。奚爲獨吟謠。

大陵有逸女。幽谷出蘭芳。一朝相採掇。被服生榮光。思君隔山蹊。心邇道何長。河水日瀰瀰。乘車畏漸裳。攬衣旣出戶。歛袂還入房。黽勉閱三春。躑躅已九霜。不及娼家女。挾瑟上君堂。

陶陶季夏節。燭龍燄重阿。屏翳奮崇朝。有渰興滂沱。感物變溫涼。傾仄何須多。不見金屋人。長門怨綺羅。來者若丘山。往者如逝波。安得長巧笑。携手彈雲和。

迢迢扶桑樹。結根虞淵東。大枝不可量。小枝參虬龍。如何陰雨交。離截在飇風。根株固金石。枝葉隨轉蓬。昔被日月光。今乃困微蟲。昔爲人所慕。今爲人所窮。棄置勿重陳。淚落黃埃中。

飛甍百餘尺。崇闕上參天。涼風起中宵。泠泠吹珮環。曠哉眞人居。可望不可攀。驅車萬餘里。我欲登泰山。遲思閴徃路。雨雪蔽重關。麋鹿爲我群。薇蕨爲朝餐。諒無雙黃鵠。安能度雲間。

（6）恭讀高皇帝實錄

中原風氣衰。聖人起淮甸。劒拂江海清。霧捲氊裘變。百戰驅風雲。一戎整寓縣。長駕龍首高。坦懷群策見。黃旗亘北荒。神斝竟南奠。受命三十年。賜租數百萬。卓密朝見褒。淵奇暮推薦。國無鷁梁詩。野有嘉禾諺。景軌〔註 115〕旣通和。詩書亦清宴。作誥垂神昆。千秋仰英筭。何時玉簡編。討論金華殿。

（7）述征〔註 116〕

昔行指季冬。嚴霜淨天宇。遊子時越鄉。蕭然寡儔侶。朔風征鳥思。曠望極寒楚。秉節懷榮名。我獨不得舉。況乃當紛紜。煩冤勞哲父。駕言仰天鳴。日晏不遑處。輕舟越橫波。短服親轡旅。念彼孤飛鴻。離心渺無緒。

悠悠辭故里。黽勉涉大江。山川秀吳望。鶬鷺翱以翔。玄雲起層陰。廻渚縈微霜。遠望廣陵樹。及憶南徐疆。幽居易爲美。物遠恐見傷。念我同門友。歲暮分圭璋。清晨泛洪流。日夕登高岡。颷風起前林。不覺淚沾裳。

黃河千里來。浩蕩東南下。積雪何峩峩。日夕愁車馬。振策履長冰。驚湍激哀瀉。川原無異姿。林木曠瀟灑。未攬齊魯郊。已歷鄒滕〔註 117〕野。懷霸問丘墟。瞻儒識梧檟。遑遑徒旅中。誰是晤歌者。平生携手人。懷袖何能把。

戚戚不能寐。鳴雞起我早。旅鴈揚哀音。明星被霜草。我無黃金資。何以之燕趙。想樂河間都。論兵涿鹿道。但見悲風多。落日速飛

〔註 115〕原文爲異體字。以下皆是。
〔註 116〕文本亦收錄於「陳立校本」，卷二，頁 26～28。其詩題名爲：〈述征詩〉。「黽勉涉大江」作「黽黽涉大江」；「歲暮分圭璋」作「歲暮分珪璋」；「未攬齊魯郊」作「未覽齊魯郊」；「我行恐永久」作「我行苦永久」；「而來相縈就」作「而來相營就」；「長淮暗清晝」作「長槐暗清晝」；「我思泰山雲」作「我思太山雲」；「隨波引棹謳」作「隨波發棹謳」；「遠望薊城樓」作「望遠薊城樓」。
〔註 117〕原文爲異體字。以下皆是。

鳥。幽州玩戎朔。三輔日枯槁。及此都瘡痍。胡塵亦不少。我其賦無衣。孰與通懷抱。

　　總轡倦長道。憑軾瞻帝京。北斗麗天街。列嶂崇西屏。煌煌紫宸殿。日集金閨英。丞相闢東閣。天子難公卿。蕭朱競狙黨。田竇各自傾。天路廣且夷。能不懷屏營。嗟我振徒步。慷慨含中情。過秦豈賈誼。赴洛非陸生。

　　春旦一何速。夏木繁皇畿。有嚶倉庚鳴。未更遊子衣。言念返故丘。楊柳何依依。秣馬黃金臺。驅車督亢陂。願言戀闕庭。頗非賤子宜。麥穗踈隴頭。棗花明隆坻。所悲遠行客。中道若渴饑。曝背當朱明。持此將獻誰。

　　陶陶孟夏月。我行恐永久。豈不踐故蹊。曾是異音候。青蠅玷白衣。玄蝎向人肘。詎是平生親。而來相縈就。凱風吹栗林。長淮暗清晝。散髮在何時。褰裳事奔走。我思泰山雲。觸石亦何有。不得從此鄉。空然翹我首。

　　觸熱苦登頓。捨策從舟航。河水日夜流。乃經鍾吾鄉。翩翩控飛翰。翼翼孤鳥翔。魚龍何瀺灂。河伯仍騰裝。想像靈谷侵。因之璧馬亡。伊我獨何人。漾舟凌川光。貧賤物必輕。履險固其常。不見伯昏瞀。披髮游呂梁。

　　遲日出淮甸。泛泛移輕舟。碧雲海上來。靄若凌滄洲。嘉魴麗圓波。蒲荷汎中流。飄颭長風發。川路廣且脩。渺渺征行子。隨波引棹謳。楚風既已接。吳音亦見酬。言從海陵岸。遠望蕪城樓。雲霞冒川陸。日暮心悠悠。

　　青楓何鬱鬱。江上多芙蓉。駕言歸舟逝。迅若千里驄。入海浮雲馳。霽雨川霧紅。彷彿近吳岫。逍遙被蘭風。如何念故鄉。不愜遊子衷。晨發朱方西。暮宿胥臺東。密林奮陵苕。芳草被道中。將毋採丹虆。良以慰微悰。

（8）**古意**〔註118〕

美人碧雲外。素影春風中。自恃娥眉色。非關羅袖紅。妝成不可見。楊柳深春院。朝愁紫燕飛。暮苦流鶯變。欲作陽春歌。陽春奈若何。清霜坐如此。明鏡濕秋波。

裁金作步搖。買玉成跳脫。本爲紅顏新。寵麗一朝設。君意如朝霞。妾顏變明月。以此今日姿。愧君曩時物。人生有繁華。金玉無衰歇。願當顧盼時。勿隨浮雲滅。

流蘇垂綺帳。朗月發華姿。側聞東鄰女。當秋揚光輝。阿閣鄰鳳凰。寶鏡雙蟠螭。攬結明星袖。製彩芙蓉帔。鳴雁良及晨。窈窕世所希。言承紫宮寵。將曜三春荑。西鄰有庶女。太息流黃機。短襦不及身。繽髮如亂絲。自顧非倫匹。不敢望恩施。但念促織鳴。縑絲同一時。

（9）**寒日獨居寫懷學高常侍**

荒郊亂雲物。高木相儔侶。闊步谷水陽。漁〔註 119〕釣非吾所。百鳥爭故枝。啾啾作何語。風雲猶可爲。黃鵠不得舉。

莽莽寒日低。朔風千里來。短褐包故襦。日暮登高臺。懷古英雄士。精爽〔註120〕如可叵。馬周亦何人。明主稱奇才。

我聞終南山。崔嵬秀關中。昔爲高隱宅。今爲萑苻叢。楚豫何蕭條。關河失其雄。遂令聖天子。不居乾清宮。養賊遺君父。賤士羞江東。草茅欲論事。志豈求三公。

徘徊覽荒野。躑躅無所向。不釣復不耕。清狂東海上。車甲敝中原。江湖亦潒蕩。舉世同一嚊。安□□□□。

——文本摘自清・李雯撰，四庫禁燬書叢刊編纂委員會：《蓼齋集四十七卷・後集五卷》（北京：北京出版社，1997 年 6 月，《四庫禁燬書叢刊》清順治十四年石維崑刻本），第 111 冊，集部，頁 302～308。

〔註118〕文本亦收錄於「陳立校本」，卷二，頁 43。「楊柳深春院」作「揚柳深春院」；「不敢望恩施」作「不敢望恩私」。
〔註119〕原文爲異體字。以下皆是。
〔註120〕原文爲異體字。以下皆是。

《蓼齋集・卷十二・五言古詩（四）》

1. 述感四

（1）感懷

季夏民時序。颶風東西號。羣木積秀容。微禽蒿間逃。仰觀天物尊。頗悲羣生勞。縱橫將何憂。駕言征幽遠。陶公昔玩世。宕迹稽玄霄。贊述霞中人。奇言肆深遙。拔藻舒雲宗。雕繪萌飛操。瑋麗滿天上。如與心賞招。蜉蝣視日陰。舜華榮終朝。身不登霄維。安敢知虛寥。寂寞塵埃中。紛綸起相招。世珍諒非恔。天乎不我驕。何來策長途。神風鬱高超。

（2）送諸同社之南北有感而作

壯士不識命。相觀徒嗟咨。五月百川大。脂車各何之。近者有南轅。遠者或北馳。寶劍縱橫光。璠璵溫栗姿。東箭有勁翮。南金皆陸離。未即獻天子。且云達所司。欲去難忘言。季子前致辭。婉約江南調。慷慨易水詩。其時淫霖愁。燕羽良差池。陰風生波濤。鷿鵜田中戲。既別游子裾。乃還守廢畦。烟液起屋下。水蟲出涔濱。奇懷磊落生。束手安可爲。鳥雀欺我閒。戶庭紛相追。童僕笑我愚。傖野少威儀。墻[註121]垣傲我貧。崩頹不可治。百艸侮我卑。豐蔚當堦墀。丈夫挾昴藏。羞爲此輩嗤。憶昔邁古烈。頗懷王佐期。賈生實年少。馬周非麗耆。一朝謁天子。獻策羅英規。又慕鄭莊賢。千里不裹齎。仲連亦何人。功成蹈海湄。元龍淮海士。文舉魯男兒。悠悠千載下。其人如龍螭。而爲獨何爲。太息中自疑。蒼茫顧中原。荊棘傷人肌。騰蛇方鬱蟠。猛獸何鬌髵。汝潁無立葦。河陽聯鼓鼙。穴城狐跡繁。焚巢鳥聲悲。上懇天峥嶸。日車不得夷。下苦步路窘。卑壑來陰魑。鵜銜梁上魴。鶴啄田中泥。對此不能言。鬱紆有餘思。

（3）郊居雨望

濯魚雲在天。好雨沐清朝。平楚莽相值。嵐光澹浮霄。蒼然空濛

姿。如與菰蒲搖。蛙蛭紛已出。浴鳥聲相交。臺木旣清動。滄池深波濤。翠下疇疄迷。烟際天不高。水蒹飛鳲鵲。土穴開蟾蜩。短春挂平原。青霞靄相招。紛予蕩遠憂。曠澤欣所要。懷茲石上髮。慰我田中苗。脊彼荷鋤子。浩歌聲勞勞。雲蘿周四垂。虛亭清無聊。日暮水竹深。波溢鰕鮋逃。中情慕儔侶。何能獨逍遥。

（４）秋水閣聽客彈琴

陽崖谿秋陰。幽藹散松栢。高樓起長眺。愁見萬里白。有客攜鳴琴。叩絃動清碧。彈作瀟湘秋。明湖水空液。帝子眇何居。楚雲在層璧。烟長吳王城。高旻壯修翮。凄凄鴻鴈思。清商宕巇澤。

（５）有感

種橘北山陰。種柚南山陽。秋風一旦至。橘柚各自芳。何期薦玉盤。奮刺還相傷。中田雙枳棘。咥咥笑我殇。吾思交讓木。結言愧中腸。

（６）鄩城作

夕照清林端。寒鳥晚相聚。獨懷高樓心。遥見鄩城暮。微蟲艸間悲。曠野起陰霧。是物助羈愁。臨風徒四顧。海曲岸已高。蒿艸榛荒墓。青赤中林深。飛雲莽然度。念我湖海客。畾瀄非其素。猛虎或弭耳。得非調饑故。鴻鵠在高天。鳥雀營所務。滄洲有餘思。區區又何暮。

（７）歸〔註122〕家園作

出門有羈旅。薄暮歸故丘。新雲布艸間。霞光從西流。平林藹餘靜。芳渚妍澄幽。菰蒲澹炎初。橘柚芳春週。海桐富繁英。深陰暝梧楸。青冥原際歸。夕香園中遊。招月出蘭橑。挹清登菌樓。鴨蝛響塍中。喋萍聽浮鯈。深竹鳩夜噪。熠燿流牆陬。旣覽雲物樂。復聞農人謳。撫景無畾懂。覽時積層憂。隱娛研清文。脩術探奇謀。浩浩何所濟。豈曰無方舟。

〔註122〕原文爲異體字。以下皆是。

（8）大風述所見作

六月陰寒生。狂飈蕩而蹂。奇音號空郊。飛雨不及雷。稠嶽乾坤中。川谷失所宥。奔突四方來。鬱繚相仆蹴。如見天維傾。又聞蟄龍鬬。高驤雲澹瀨。猛急勢襏襫。豐隆落其威。日光阻清晝。神物有伏藏。何況下飛走。高木播潭根。豐枝爲身咎。芙蓉裂芳塘。瑤艸折遠岫。念此又矜嘘。熟視不得救。崩濤迸上下。頹壁驚左右。路斷爲尺間。險巇生戶牖。平土掘椅桐。密林隕橘柚。紛紜亂耳目。攦擻及衣袖。獸跳離其羣。鳥竄束孤咮。所幸爲人民。閉戶坐相守。然聞荒郊號。往往失圭寶。茅屋天上飛。安敢訾穿漏。吾觀天地間。羽檄鳴飛鏃。荒穢滿道周。中原秀稂莠。願得風伯功。一爲掃塵垢。玄蟬沈清潭。傾巢喪哀觳。斯物又何辜。適與冥運湊。梁間雙乳燕。奔歸昏黑後。毛羽何披離。呼母不可就。顧我情依依。聊〔註 123〕用相擁覆。爲德何必多。貴與竆愍遘。災異如可聞。茲言又當究。

（9）苦雨

屏翳屯青皋。沈陰貫芳旦。江天雜雲霧。水國紛鳧鴈。息影止故園。開軒面飛澣。脩竹有餘陰。饑鴟自鳴喚。漸漸麥秀夷。膴膴原艸亂。豈曰隱清娛。將母憂世變。仗策非我能。鳴琴俄已斷。悵此春風年。多爲桃李歎。

（10）山居初夏

新篁擢初秀。橘柚芳巖阪。豐林展暇豫。鳴雉聞高丘。黛色橫有餘。悠然池上樓。不琴復不釣。素帉臨清流。薄暮念孤往。登高盼行舟。菰蒲極水際。輕霞意沉浮。日隱薔薇寒。風吹紅棟收。婉孌有遺意。悵然難爲疇。

（11）養疾太平寺

清晝交長陰。羈人坐愁疾。臥病異文園。養痾吟謝客。疎峯不可登。高舘渺難陟。岡長梗楠森。林密髴髵逸。大堤楊柳枝。覆水見白

〔註123〕原文爲異體字。

石。灘流空松聲。溪渡漾文翼。五月時薄涼。水木際蒼碧。好鳥不遠音。深蘿非近跡。邂逅賞心人。明霞麗晴壁。幽思觸漁釣。牽懷在文墨。夕陽隱中阿。日暮情非一。

（12）秋夜

良夜肅清漢。金風生素枝。群影何蒼深。璧月紛前池。鳴籟颭已高。桂花無人依。攬衣知夜長。明鐙動虛帷。起眄眾星列。流螢亦參差。碧雲海際斷。鶗鴂天外思。玄景不可結。招搖臨且移。常恐蕭瑟至。蘭珮彫華滋。

（13）秋日苦雨

顓節舒初駕。白蘋張玄陰。豐隆號北渚。天鷄嘯南岑。海若弄秋波。蛟龍喜滯淫。不覺柳絲短。所悲芙蓉沈。荒除長綠苔。清風竚瑤琴。蒼茫有餘望。廢曠無招尋。黃鵠翅不高。蜻蚓俄已吟。蕪沒仲蔚園。寥落瀟湘心。

（14）九月泊吳閶

風高長洲苑。月白吳閶城。渺然烟水上。碧瓦魚鱗明。鳴箛徹寒聽。絲竹理暮情。霜含清江樹。夜半飛商聲。獨客袖仍薄。孤禽相屢驚。何爲握瓊珮。欲贈還無成。

（15）西郊秋望

獨步西郊寒。長風動天末。夕陽楓樹多。暮色平霞闊。敝廬深竹中。飛潮澹明滅。清暉蕩有餘。芳艸猶未歇。古墓隱頹垣。荒林振饑鶻。心傷畫角初。顏冷紅茄折。豁達見平原。孤帆竟超〔註124〕越〔註125〕。柴門青蘿深。歷亂羈寒物。鳥鳴何啾啾。水去何汩汩。十年江海人。高樓歎明月。

（16）雪中作

獨坐自多懷。兼之雨雪僝。蒼茫萬里交。徒見黃雲陰。高天失巒

〔註124〕原文爲異體字。以下皆是。
〔註125〕原文爲異體字。以下皆是。

岫。晶輝起枯林。耿介羣木姿。杳冥蒼波潯。燭龍勢不高。寒門鬱森
岑。躑躅路已沒。沈潓風正吟。當見鳥鼠愁。乃知虺龍深。登覽緬高
卑。荒塗閱浮沈。吾聞黃竹謠。千載傷人心。

積雪峨以層。玄黃勢將變。天長沙際昏。鳥度夜中見。滄洲何茫
茫。瑤艸徒盈盼。翠沒枝屢顛。跡深路如線。平楚漾寒芒。蒼藤繞虛
殿。未知豻虎吟。已見鷿鷈眩。關河生阻修。艸木延婉孌。仙人騎白
鸞。雲中不可羨。我懷招隱詩。朔風行吹面。

（17）經謝公墓下作

昝爲洛生詠。太息思英流。今出長干路。登高見荒丘。徽音仰若
人。風素存松楸。握塵平世務。披襟靖神州。翱翔鸞鳳姿。抗絕豻虎
儔。承桓旣暇豫。摧堅亦綢繆。道秀江海波。德與生民休。微管功已
邁。懷潁志未遂。遂令西州歡。不協東山謀。而今羊曇路。猶近石城
頭。泉臺有代謝。竹帛無沈浮。吾聞無字碑。穹窿遂千秋。

（18）湖上逢楚士文北瞻王季豹深論時事慨然有作

楚客方上書。儒冠竟失志。扁舟下江南。更看滄海氣。予亦游錢
唐。蕭條坐空翠。鳥鳴愁暮陰。落日益悲思。何期傾蓋間。千里動心
羿。高論不苟爲。明時隱至計。嘆此憂國言。復出徒步士。天下方亂
流。楚雲襐鋒幟。君家宋玉鄉。我家春申鄙。首尾非異方。安危亦同
志。倘遇平原時。更憶班荊事。

（19）海上喬苑風至約同遊山

深秋不得意。採菊西陵下。逢君何昂藏。同是無聊者。讀書摻羽
陵。詞賦必金馬。云在天地間。知音亦殊寡。方今霜林高。十月羣山
赭。何不乘扁舟。明湖正瀟灑。斯言動我懷。朔風吹曠野。失職悲羽
毛。窮途託風雅。將子有同心。素袖行當把。

（20）蒼鷹詩

寒雲蒼深。北風正屬。仰視飛鷹。動出林末。轉翼揚聲。意無不

可。李子感而嘆之曰。此亦物之感動自得者矣。作此詩。

　　孟冬何蕭騷。寒風自北至。浮雲千里陰。桑柘莽然翳。有鳥越荒
林。飛揚見鋒銳。遊翼霄漢間。側目飛鳥背。雖無鸞鶴姿。頗有風雲
思。時物憑高天。揚音自清厲。不見鳥雀儔。啾啾無氣勢。平生愧此
流。身在蓬蒿內。有羽何嘗飛。蒙茸但垂淚。

（21）寒蟬詩

　　十月微暖。禾尚餘葉。有蟬依之。咿咿間發。有聲無氣。似語復
咽。李子聞而傷之。曰：此亦物之失時。悲鳴者矣。作此詩。

　　清陰盛陶夏。蟬鳴六月時。入我涼風觀。披我芙蓉池。雨露既清
潤。聲音亦高奇。修羽有逸響。鳴琴動素絲。良時忽已去。羣木相離
披。顧此霜下葉。非復露中枝。無聲既不能。有聲更餘悲。失時警清
聽。徘徊心不怡。朔風日已厲。哀鳴將告誰。

（22）謁孟廟〔註126〕

　　吁嗟孟夫子。空抱王佐才。巖巖泰山像。肅肅松風囘。篤生豈天
意。哲士無良媒。齊梁既失志。懷古心悠哉。一朝車從沒。千秋俎豆
來。要之豪傑人。視此如塵埃。予亦徒步士。下馬登殿臺。拂衣復再
拜。三歎長徘徊。

（23）淮陰城下作〔註127〕

　　憶昔淮陰矦。功名有所待。龍躍楚漢間。七尺付時宰。饑餓生王
矦。王矦生葅醢。藉令學道深。豈得履危殆。至今漂母祠。猶對川流
在。一日識英雄。千秋動光采。淮水祠下深。楚雲城上靉。我欲奠椒
漿。自惜無芳蕙。

〔註126〕　文本亦收錄於「陳立校本」，卷一，頁16。「齊梁既失志」作「齊梁
　　　　　竟失志」；「予亦徒步士」作「余亦徒步士」。
〔註127〕　文本亦收錄於「陳立校本」，卷一，頁16。「饑餓生王矦」作「饑餓
　　　　　生侯王」；「王矦生葅醢」作「侯王生葅醢」；「楚雲城上靉」作「楚
　　　　　漿城上靉」。

（24）經三歸臺下〔註128〕

穀城有荒臺。傳自夷吾築。黃土有青蕪。崇岡秀喬木。爲相天下才。時來從所欲。既展山海籌。亦盡登眺目。況聞河水歌。豈惟玩罷穀。英懷通美人。義聲走羣牧。何必臺殿存。千秋仰陵陸。明主求賢臣。得志若不速。我懷微管仲。浩歌誰能續。

（25）蚤春行

樓頭蜂語新。堦下蘭葉蘪。美人金閨愁。又逐東風起。丹葩解初苞。朱顏照春水。琴知玉指寒。香煖紅衫裏。珠粉雜花英。麝黃粘鳳子。烟抱柳腰深。山輕黛眷洗。籠中嬌鳥思。釵上蛛絲喜。玉鞭牆外過。薄暮情何已。

（26）季春西山雪望〔註129〕

西山鬱嵯峨。積雪浮雲端。詎謂三春畢。復此凌風寒。青帝爲徘徊。朱鳥不敢看。宛似碣石區。乃移崑崙觀。玉關臨紫宮。浮陰滿長安。鄰天隱蒼翠。昭日迷層巒。鮮雲麗澄碧。春風阻棠檀。常恐朔氣凝。遂令蕙荪殘〔註130〕。至尊居武英。爕理在金鑾。寄言青女使。毋使霜雪繁。

（27）夏日浮黃河至淮陰〔註131〕

扁舟浮大河。孟夏河水深。橫波揚赤岈。旭日搖青林。千里去山險。百川相陸沉。雖無陽矦怒。如有虬龍吟。乘流速奔箭。和風弄川禽。禹貢盡江左。水府開淮陰。既悴遊子意。復惻勞人音。川谷變徐兗。感嘆殊古今。坎窞戒渡河。千載傷人心。

〔註128〕 文本亦收錄於「陳立校本」，卷一，頁16。「我懷微管仲」作「我懷微管功」。

〔註129〕 文本亦收錄於「陳立校本」，卷一，頁12。

〔註130〕 原文爲異體字。以下皆是。

〔註131〕 文本亦收錄於「陳立校本」，卷二，頁29。其詩題名爲：〈夏日浮黃河下淮陰作〉。「既悴遊子意」作「既懷遊子意」；「事始惰煬初」作「事始隋煬初」。

朝行涉河津。暮行至淮口。如何二瀆流。越古來相就。事始惰煬初。跡非神禹後。合沓波濤積。杳冥陵各謬。海若居雲端。天吳亦奔走。榜人操南音。天雞引清奏。豁達雲霧開。三山若懷袖。余速暮歸思。秉志傒川后。枉渚乘素波。涼風逆鶬首。

（28）秋閨二首

獨坐紅樓晚。鳴琴向月移。樓前烏柏樹。樹下芙蓉池。一夜俱銷落。秋風不可爲。

清暉滿屋梁。玉砌蟲聲短。夜半斷流黃。金刀憐素腕。借問此何時。落葉吹愁滿。

2. 贈答

（1）醻宛城方密之

首夏鬱清秋。黃鳥東南飛。園林曠疎靜。孤懷屬深微。散髮登壟首。蒲葵亦參差。垣衣周戶庭。卷素生網絲。念我同袍人。臨芳不能怡。之子在千里。寄書長江潯。發以龍蛇文。寫用金石辭。知深奏苦音。讀之有餘思。摎陽多高會。盧江富英奇。燁燁龍輔光。矯矯乘黃姿。齊足有並駕。聯袂乘芳時。顧予守故林。局曲無所之。絕雲愧游鷗。息蒿慙鷿斯。仰視甕牖間。白日空中馳。卑居無揚音。短袖安可麾。太息不能言。悠悠思令儀。

（2）送周勒卣赴試南都

層霞起江甸。清夜乘方舟。方舟亦何之。南國羅英猷。彼美汝南子。被服何華修。手持金芙蓉。腰下珊瑚鈎。激昂勵浮□。□□陵中洲。奇懷發春華。積芳颮澄秋。鷺翩有一翔。龍文寧久雷。企予涉陰渚。薄送登高丘。朱陽日正中。四海莽雲浮。蝃蝀澹朝光。蟪蛄聲啾啾。顧非千里別。能不懷離愁。金陵鬱蒼蔥。晴川蕩中流。石城兩艇子。往來長千頭。長千有狹邪。龍笛當丹樓。曄若菡萏敷。矯若驚鴻游。離居易爲歡。吉士多綢繆。君思白頭吟。莫爲交甫投。

（3）送徐闇公赴試南都

揚舲發吳會。遙望牛頭山。牛頭何崒嵂。天闕相盤桓。皇羅張高
衢。眾英粲以繁。念我金石交。臨風揚芳蘭。輕車建華旄。雷鼓鳴朱
軒。大樂無窈音。玄駟非術阡。文章蔚雲登。陵颸激中天。欣彼食苹
詩。感茲涉江篇。芙蓉溢方塘。青柳搖中川。咬咬鳴鴛鴦。切切唫候
蟬。靈虬思披雲。蚓蛭響草間。蒿萊滿道周。霑潦〔註132〕生陰寒。
携手不能別。送之長湖千。飛景麗芳洲。櫂歌動澄瀾。子遑振玉聲。
吾還賦玄蚝。形影不能依。自惜無羽翰。

（4）送王黙公應試燕都

祝融振長轡。弭節臨中衢。之子遠行游。遠行至燕都。白楊繞高
原。流潦湧中途。麻黍縱橫交。車馬日夜徂。不見清堤水。但見壌與
壚。炎光胃平陸。驚沙侵柔膚。微嘆不可聞。浩歌誰能舒。驅車至易
水。北渡桑乾河。西山崒以巍。京邑何崀崀。中有燕昭臺。斯臺今已
蕪。豈聞屠狗人。冠蓋徒崎嶇。李生歌路難。王子唱驪駒。諒君秉玉
潤。含詞吐芳腴。明璫獻江南。代馬鳴北壚。物美眾所斟。親交曷良
圖。

（5）徐聖期省試不及送作詩寄之

淫波浩川陸。朝日曖微光。離羣羈我思。起步東西廂。既與伯子
別。而仲復越疆。倉卒駕輕橈。攜手期河梁。遠望不可及。川路森以
長。回顧雙飛燕。鳴風相頡頏。聲聲自相和。飛飛亦相當。顧非遠別
離。奚爲苦周詳。時命豈久違。寶蓄乃逾光。伯氏鏗逷鐘。仲氏吹笙
簧。陵天揚遠音。披懷發中香。愧無雲霧姿。何繇附高翔。

（6）贈沈彥深

少負四海志。脫略觀羣英。蕭然意不得。深秋時獨行。與君何爲
者。浩蕩傾悰情。丈夫相與居。天下猶未平。風雲動戶牖。詞賦聯友
生。投我相逢作。朗若編明瓊。觀君賢達人。艸澤多逢迎。結交天下

〔註132〕原文為異體字。以下皆是。

士。予也求此聲。季秋十月端。天地森縱橫。牧馬羈高原。落日城下明。凄然游子篇。寄言寫中誠。

（7）**酬黃蘊生**

亭伯偉涿郡。叔度邁潁川。篇帙資玄靜。冲濬瞻華年。君子整素襟。揚舲汰芳淵。迅足交往軌。逸翰匪術阡。英製紛有餘。穆若徽朱絃。伊余愧芳訊。植志靡自堅。輕俠動鄙情。琱文亂清嚴。秋旻短翮高。鵬鶚滿我前。獨居無歡音。曠遊心茫然。恭承接音儀。景佩意所宣。大略在詩書。慷慨爲世賢。各懷萬里思。自此相周旋。

（8）**贈周子知微**

周子稱達人。微懷極玄尚。長臥武塘袜。十年不快快。澹蕩遺風塵。脫畧著中諒。讀書何必多。所期會淵暢。慧業非浮淫。玄宗有深訪。雖懷虛無心。肝膽亦清壯。晏坐或閉關。養疴遂蕭浪。泛論黑白間。巵言及霸王。高致不可窺。托術行當廣。

（9）**贈許子元忠**

許生亦開濟。豹隱黃山陰。與論天下事。往往能有心。良賈知深藏。好鳥不妄音。觀其靜默時。頗亦無崎嶔。頑鈍世所賢。我頭爲岑岑。及親朗月姿。清風披人襟。門傳通德名。交與俠客深。平懷發英言。中理不可侵。神鋒諒不靡。豈能終浮沈。

（10）**贈南屏衡公**

吾師琴川秀。來往西湖峰。窓下無怒虎。鉢中有馴龍。㝢宇靜高深。豁達開心胸。焚香翠微裏。日對青芙蓉。忽然飛錫來。㴱深林中逢。湖海在牖間。叩言如鳴鐘。麻鞋帶積雪。緇衣披長松。因思藤花徑。不爲白雲封。待余悟清靜。飄然知所從。

（11）**贈蕭白仙祐**

握手赤日下。休陽蘇白仙。問予在馬廐。相盻情依然。移几與我坐。撤床與我眠。聞君乃貧士。此義良足傳。顧予慷慨徒。心跡羈山川。偶然逐客鄉。脫帽頂屋椽。空想修樾陰。徒聞層冰堅。愛君滄洲

興。下筆凌紫煙。囊無一斛錢。身通四海賢。相坐蓬蒿中。恍與湖山聯。雅言費白晝。蟬鳴高樹顛。丈夫動知己。失意情獨偏。風雲有往路。河漢念周旋。

（12）贈別吳束三霖

溫玉發奇光。椒醖溢醇滋。之子美無度。懷芳常見貽。振藻玄雲巔。濯纓滄江湄。望古肅先型。遐風覯良規。嗟余遠遊子。揚聲奮荒辭。卑居難為音。浩歌恐不怡。畏彼鷓鴣鳴。芳艸生狐疑。幽谷多迴飈。犬道曠且夷。庶幾儀朱絃。因君越清巘。

清巘娛我神。大雅今復振。高唱不同律。明德有比鄰。如何閟往路。離別當秋辰。望舒張玄暉。金虎西南蹲。揚舲縱大川。川路渺以深。感我飛蓬枝。懷君瑤華音。新知濶良袂。密念傷去袥。驤言遂今日。梗河難重陳。芳素協貞期。分遠道彌親。

（13）別許芳城楚

承君散羈緒。結言在西干。仰望浮雲陰。俯吟大壑瀾。登高資善譴。清文動成篇。徽音厶已習。毫翰自相聯。握手紛夏蟲。離襟亂秋蟬。脊言白露節。明月皓已團。商風戒征途。游子慘盛顏。豈惟越鳥思。懷茲食萃歡。東乘大江流。西望城陽山。

（14）別鮑畹滋蘭

鮑生好輕俠。識我披雲山。華言紛相投。明懷宕人間。可樂新相知。離別在其前。君家迷樓下。阿閣閉重關。我家五湖東。秋風落庭蘭。同在千里餘。相送何周旋。梧柳零往路。萍藻弄潺湲。水中石磷磷。誰知思無端。

（15）別王遵素玄度

清江多急流。游子不得駐。王生磊砢人。薄送城南路。接言雖不多。知心良已故。奈何秋風深。離情振荒樹。白蘋息芳洲。江郊藹明霧。君懷別鵠思。我有秋猿慮。孤劍當飛鳴。未蘭畏遲暮。壯夫結交心。踴躍從所務。

（16）夏日問陳臥子疾

　　孟夏延清和。林光屢昏曉。褰裳獨徘徊。風琴蕩蘿蔦。閒居成滯
淫。犁潤長枯槁。庭蕪久矣深。黃鳥鳴未了。思君文園臥。數日瑤華
少。散髮把素書。支牀念青鳥。蹉跎蓄蘭時。果氣歇林表。江上芙蓉
新。堂中紫燕小。將無同賞心。南風送懷抱。

（17）贈侯文允養疾

　　平林晏清夏。新蟬動遥隰。鮮飈何易駛。玄鳥飛將及。蕭條念伊
人。垂帷理貞疾。臥劍舒龍文。披翎見鶴質。玄模儼所對。鍼石良未
一。洗心討玄英。濟物施鱗翻。奇懷暫可馳。金膏諒不匱。相從隔清
川。徽音數能密。紫榴已鏡戶。桐花紛可襲。談諧溢琪華。臥理恣緗
帙。彥輔近足師。思遠性非癖。瞻言藉萱蘇。褰裳慰朝夕。

——文本摘自清·李雯撰，四庫禁燬書叢刊編纂委員會：《蓼齋集四十七卷·
　後集五卷》（北京：北京出版社，1997 年 6 月，《四庫禁燬書叢刊》清順
　治十四年石維崑刻本），第 111 冊，集部，頁 309～318。

《蓼齋集·卷十三·五言古詩（五）》

1. 贈答

（1）遊玄墓山贈顧伯生山人

　　薄遊乘日長。宴息依茂枝。逢君散髮日。當此朱明時。芳實充朝
餐。荷衣臨夜披。五湖在胸次。拭目觀清漪。紫萍下瀰瀰。修竹上離
離。芝蘭既屢擷。清徽恒若斯。褰裳候月圓。仄足傒桂滋。懷哉遠岫
邑。逖矣三秋期。寄言采橘柚。攜手清川湄。

（2）湖上對月懷臥子

　　夜半臨西湖。清光入湖水。鐘聲聳寒木。獨鴈飛不止。浩然滄洲
思。長天竟懷此。故人眇雲英。豁達見千里。想見梧桐下。浩歌明月
子。朔馬鳴北風。胡塵亦未已。手中無長纓。空成慷慨士。荒雞久已
聞。越石將何以。

（3）二子詩

贈邵玄浹

飛雲湖上來。我逢邵玄浹。赤心眷宇間。朗氣竟奇發。讀我登樓作。興懷亦不輟。味道無戚容。英文有素業。未使芳樽愁。玉山坐明月。意與文淵壯。玄向侯芭說。斯人良可風。所明無近物。

贈馮儼公

飛雲湖上來。我逢馮儼公。天機淡誠素。朗然冰雪融。道心與支遁。暢音流玄風。遺我一簡編。秀若青芙蓉。是其聰明深。匪唯杼軸工。兼聞倡大義。結友明始終。平生仰若人。意欲披心胷。

（4）北上訓別臥子三首〔註133〕

仲冬寒氣冽。嚴風吹枯桑。我將遠行遊。遠游之朔方。良朋置樽酒。凌波泛輕航。商歌奏微言。四座為慘傷。孤鳥飛越林。羽翼自低昂。悲心在千里。不獲守榆枋。黃雀雖已微。哀鳴訴穹〔註134〕蒼。鷹隼諒不避。奇節安可望。

微霜戒行軒。朗月照四垂。不因斗酒會。安得敘中離。羣鳥思反哺。鹿鳴亦念饑。兩義苟不兼。暫〔註135〕復從此辭。美玉在中懷。短褐安所疑。徒步見天子。片言稱帝師。古今同一揆。斯言亦我欺。慚無裴豹功。何以慰相思。

黃雲動萬里。游子暮踟蹰。驚飈起林薄。烈若吹笙竽。念我同袍子。素懷激清虛。芳義振墳典。悠然守敝廬。斯人不可見。傾側向皇都。山川間冰雪。目送千里餘。心存金石言。手持尺素書。俯仰在懷袖。誰謂音響孤。

〔註133〕文本亦收錄於「陳立校本」，卷二，頁22～23。其詩題名為：〈酬臥子別詩〉。「朗月照四垂」作「朗月照四陲」；「慚無裴豹功」作「慚無斐豹功」；「烈若吹笙竽」作「烈若吹笙竽」。

〔註134〕原文為異體字。

〔註135〕原文為異體字。

（５）贈江和伯

　　將軍出勳〔註 136〕閥。燕頷仍寡儔。仗策走天下。勝心憑俠遊。結交劇孟徒。脫跡如沉浮。痛飲三十年。未使青樽愁。腰下芙蓉劍。自照珊瑚鈎。文彩光陸離。豈惟鐵鍪矛。乃者飛芻來。鹽車困驊騮。高義動大農。司馬資前籌。會看秉旄節。一分邦國憂。近聞黃金印。亦出盎井頭。異物不虛見。且莫輕封疾。

（６）送彝仲還江南之任長樂四首〔註 137〕

　　離離山上雲。落落澗中砥。豈不懷同居。終竟不克臻。明時重良牧。吾子出國闈。閩嶠未阻修。川谷柔人民。良馬利文軒。清波濯素鱗。平時攜手言。慷慨在賤貧。諒懷金石固。贈之以書紳。

　　昔我二三子。秉志揚濁清。高冠必陸離。長珮襟紛纓。卑居良獨難。美服眾所輕。何幸閶闔開。達者成令名。崎嶇首皇路。皇路浩縱橫。颶風無靜樹。肅肅棘與荊。烹鮮既非易。執玉誠可經。

　　日予不得志。黽勉瞻帝都。圓闕麗中霄。左右浮雲徂。壯夫思經國。中夜不克居。言念修羽翰。寄子以馳驅。一朝越千里。相望潤襟裾。驅車滿四方。棲托在偏隅。仁風良可懷。何用辭簿書。

　　片言炳明義。聊復陳我私。十年蒙獎拔。壯歲成差池。子懷黃綬歸。綵服如嬰兒。予凜丹書懼。父冤訟京師。人生烏鳥情。曠若雲與泥。惻惻不能寐。起視車行遲。牧馬仰天鳴。春風生別離。

（７）雪崖廬詩贈王叔遠〔註 138〕

　　王生學道人。意在青霞上。築室在人間。勝事亦獨往。有時孤松吟。自見明月朗。春帶餘蘭叢。秋糧雜菰蔣。空庭多暇豫。坦步延幽賞。

〔註 136〕原文爲異體字。以下皆是。
〔註 137〕文本亦收錄於「陳立校本」，卷二，頁 31～32。其詩題名爲：〈送彝仲還江南之任長樂〉。「日予不得志」作「日余不得志」；「十年蒙獎拔」作「十年承獎拔」；「予凜丹書懼」作「余凜丹書懼」。
〔註 138〕文本亦收錄於「陳立校本」，卷二，頁 23。其詩題名爲：〈雲崖廬詩贈王叔遠〉。「南縈陰佳樹」作「南榮陰佳樹」；「請嚛心所欽」作「請呼心所欽」。

塵尾托松枝。素衣如鶴氅。鸒斯自可飛。鵾鵬不足仰。舉物幸無長。繕性得所養。嘉藻撰良辰。令人發玄想。

登山何必高。臨水何必深。愛君柴門啓。已見幽人心。南縈蔭佳樹。玄風張素琴。堂有一樽酒。請嘑心所欽。彈棋或垂釣。語道嘗披襟。遊目落帆渚。濯足鴛湖陰。時聞採菱調。兼之絲竹音。浮雲自來遲。魚鳥忘飛沈。適機意有會。悟遠物無慢。松菊有微徑。歲暮來相尋。

（8）將從家君赴京留別陳氏〔註139〕

春霜被新楚。鳴鴈廻南翔。谷風吹我裾。悵然思越鄉。遠道苦荊棘。白骨怨青陽。顧瞻望京邑。東路浩以長。中林振飛鴉。崇蘭隱餘芳。谿谷紆且深。誰云蕩舟行。驅車復頓轡。太息情內傷。感激書中言。因風發清商。

悠悠去鄉縣。促促臨中衢。萬里無靜郊。況乃愁枌榆。美人在何許。攬涕稽山隅。同心復同調。違首各分軀。子如雲中鴈。予若轅下駒。鴈嘵求其儔。駒鳴困其塗。憶昔同芳澤。在遠志不渝。

別越既淒淒。去吳復艸艸。山川使人疎。歲月令人老。陽颸吹軛衡。茫茫千里道。上有孤飛雲。下有凵巢鳥。丈夫志四方。致身苦不蚤。臨岐無騁途。望闕徒心悄。側足懷屛營。慈親以爲保。

日予少弱植。飄若露井葵。希暘豈無心。敢望扶桑枝。往試京洛塵。布衣已三絈。微風蕩閶闔。桃李夾路蹊。英華自言好。安識皇天慈。君子揚德聲。小人欣自私。日望梧桐高。鳳凰一來儀。

（9）送黃仲霖巡方楚省〔註140〕

恢炱漫長陸。宮樹交修陰。黃鳥鳴高枝。員闕冒朱塵。彼美軒車

〔註139〕文本亦收錄於「陳立校本」，卷二，頁 32～33。「遠道苦荊棘」作「遠道苦棘荊」；「白骨怨青陽」作「白骨遠青陽」；「予若轅下駒」作「余若轅下駒」；「駒鳴困其塗」作「駒鳴困其途」；「致身苦不蚤」作「致身苦不早」；「日予少弱植」作「日余少弱植」。

〔註140〕文本亦收錄於「陳立校本」，卷二，頁 33～34。「已擊祖氏楫」作「已擊祖氏檝」；「外身而存身」作「外身而身存」；「四牡□□□」作「四牡多容輝」；「旅力在方剛」作「膂力在方剛」。

子。逝我何駸駸。慷慨仰天步。玄夜接徽音。言握荊楚節。將援江漢民。江漢多逆流。風波難具陳。驅車臻往路。豺虎視獉獉。北山嘆賢勞。越甲讎我心。

我心何鬱紆。請從汴梁說。獮猺滿舊京。析骨支危堞。河伯何不仁。其魚兔薄劣。泛舟越洪濤。涕爲明主雪。方接貢公綦。未理都亭轍。幸前賈生席。已擊祖氏楫。生尒付皇天。國命焉可褻。蕭蕭征馬嘶。仰視眾星列。

列星照衣袂。執手讀令辭。一言再三嘆。凜烈有餘思。外身而存身。老氏不我欺。明明天子德。穆穆元臣師。宣猷靖南紀。虎步滄江湄。全國章令謀。結士皆死綏。弭節椒丘陽。執馘峴山嶠。君子往于役。四牡□□□。

容輝不可接。日夕望荊陽。襄漢多羽書。怨彼江路長。烈士經世業。小人媮在牀。同室不相謀。況乃馳兩鄉。仲父戒鴆毒。楚貢申王章。重耳歷險難。服荊心益莊。恭承古人志。旅力在方剛。樽酒闕相送。興文動河梁。

（10）送何氏還南〔註141〕

愨人下第。留滯京師者三月。感懷國步。朝嘆暮愁。布衣徒行。與雯揮涕於風塵之下。遂連上二書。不報。今且歸矣。哲人去國。我道無徒。歌以送之。彌深悁悴。

陰風吹廣陸。白日向西流。旅人苦歲寒。況廼別良儔。貞夫秉雅操。明義宣所憂。美芹獻至尊。婺婦恤宗周。應門猶重閉。挾瑟不見投。翹恩望閶闔。痛憤寄神州。蘋藻豈不蠲。誰與羞王矦。促促靡騁塗。攬轡登高丘。

〔註141〕文本亦收錄於「陳立校本」，卷二，頁34～35。其詩題名爲：〈送何氏還郡〉。「白日向西流」作「白日何西流」；「促促靡騁塗」作「促促靡騁途」；「胡馬日駸駸」作「河馬日駸駸」；「託身在微賤」作「託身在賤微」；「天地何寥落」作「天地何寥廓」；「予隔燕山塵」作「余隔燕山塵」。

高丘亦何見。皇逵浩無津。冰雪阻關河。胡馬日駸駸。託身在微賤。攜手稱同心。仰愁日月移。俯聽豺狼吟。天地何寥落。我生實不辰。微言為唱嘆。徒步自苦辛。子歸吳岫雲。予隔燕山塵。岐路傷我懷。勉之祈令音。

（11）送存我兄〔註142〕

朔風邁征旃。朗月明寒潮。馳心寄宗哲。曠然越遠郊。盛年美嘉譽。良辰應見招。奇服麗璠璵。清思激中宵。駕言遊紫庭。雙闕何嶕嶢。帝網振八紘。升者賢與豪。披香發良翰。視艸羅金貂。黃裳在中美。服義貞久要。蒼蒼歲寒姿。自昔同根條。

（12）懷轅文〔註143〕

清風迎素節。層城吹夕涼。九衢泛洪〔註144〕霖。流潦經我堂。良辰忽徂暑。河漢清且長。撫時念同好。引領登高岡。城闕何阻深。孤雲日南翔。疇昔共文囿。微言通惠莊。賦辭恣宴謔。比藝若笙簧。自子別經時。白露沾衣裳。越鳥懷南音。促織吟東廂。援琴動玉軫。誰為發清商。

京室非我宅。燕雲非我鄉。冠蓋非我儔。趨謁非我長。良朋隔遠道。夙昔夢儀光。芙蓉發清池。玄蟬鳴路旁。駕言木蘭楫。採擷多芬芳。江介多悲風。奚為獨相羊。將子善藏舟。浩歌猶未央。我欲從子遊。羽翼不能將。嘗恐征鳥厲。蘭蕙肅微霜。俯仰睇周道。終日不成章。

（13）上李括蒼老師〔註145〕

幽谷想離升。暍旱待雲興。俯仰瞻皇塗。跂予懷世英。夫子擢汾

〔註142〕文本亦收錄於「陳立校本」，卷二，頁35。
〔註143〕文本亦收錄於「陳立校本」，卷二，頁35～36。「良辰忽徂暑」作「良辰忽阻暑」；「引領登高岡」作「引領登商岡」；「賦辭恣宴謔」作「賦辭恣讌謔」；「比藝若笙簧」作「比義若笙簧」。
〔註144〕原文為異體字。以下皆是。
〔註145〕文本亦收錄於「陳立校本」，卷二，頁23～24。其詩題名為：〈上李括蒼先生〉。「跂予懷世英」作「跂余懷世英」；「應龍匪虛躍」作「應龍應虛躍」。

澮。恒岳揚精英。珪璋既森富。武庫亦縱橫。華鍾鏗在懸。發言盈彤庭。恭承屬光眜。吐握俄已傾。豁達恢世網。慷慨異朝纓。應龍匪虛躍。丹鳳不妄鳴。眷言整黃裳。大業欣躋登。昭此下世士。拭目觀承明。

承明何業業。高雲翼華榱。槐棘羅南榮。燕雀繞戶飛。念此周披垣。大厦待天支。王明簡帝臣。哲匠痛頹維。更絃鳴寶瑟。鵾毘賴和齊。伊予蓬室士。局促安所知。義同漆女憂。心興杞人思。誰言腹背羽。不爲六翮資。大海挹流泉。太山納隆坻。將毋總羣策。慚此長渴饑。

（14）壽聞太翁汝東八十

錢塘有高士。自稱西湖長。肘後青囊書。手中白玉杖。化俗兼儒玄。道風秀天壤。心隨鱗羽歡。德與松筠養。風烈王彦方。怡神左元放。結志懷青霞。採山獲土肪。況聞家兩龍。棲在三珠上。環膝繞芳蘭。充庭盡英蕩。奚必洪崖肩。還思羽人氅。淑望如山川。高深極俯仰。

（15）烈女許德玉詩九首

椅梧不作琴。生有鳳凰音。幽蘭豈待採。馨香發中心。眷言彼姝子。潔志懷貞珉。嘉義貫芳歲。亮節秉橞英。良人既有托。永願畢平生。

平生眷芳素。俯仰冰雪期。曍彼九秋光。羞此三春蕤。忼愾弄緗帙。肅懷在袵褘。衞女飛雉操。齊姜栢舟詩。服之無違言。攬之有餘思。

思心托往調。沈姿處幽闈。含葩燦已盈。紛佩自此設。朝縚雙絲紋。夕繡同心帨〔註146〕。佳期欣已敦。鳴鴈方聒聒。玉鏡青盤龍。非君爲誰結。

結鏡復奚爲。時命與我違。中懷未及伸。聞君絕音儀。松栢既已摧。女蘿何曾披。寒蟬引夕涼。孤禽鳴清池。妾心懷區區。懼君不見知。大義良有合。何必同中帷。

中帷既不同。幽期耿誠素。生無比翼交。死有黃鵠慕。崩山發哀

〔註146〕原文爲異體字。

鍾。縈弦絕促柱。摯性不可為。弱顏豈能固。嘿嘿結袿裳。杳杳望長暮。

長暮聊可即。持攬難具陳。皦皦激蘭懷。密密吹蕙音。父母愛弱息。女子重前姻。雙星既終絕。兩髦為我欽。畢願執箴管。用以奉慈親。

慈親既云憫。深幃閟清謚。繡帳不我光。層泉諒非逑。寶帶結青絲。素頸擬夙昔。肅肅涼風初。切切侯蟲急。豈不愛光榮。絕質從所一。是日鳥悲鳴。悽愴動行客。

行客動悽愴。觀者盈路旁。發扃啓繡戶。驚尸越奇□。□有縞素衣。申束何周詳。覆以單鵠綾。奇姿自生光。馳書告合葬。無為孤烈芳。

烈芳誠已屬。始願終不諧。乃築貞女墳。墳象青陵臺。木用栢思樹。樹待雙鴛來。府君出路祭。鄉人頌賢哉。豐碑豎千古。浮雲為徘徊。

（16）感絕詩四首哀汪烈婦蔣氏也蔣氏事病夫十年夫歾而餓餓十二日卒歾其聲決其志絕李子游其鄉作感絕詩以哀之

翩翩雙鴻鵠。乃在湘水東。羽翼自相愛。雌鳴隨其雄。彼美盛顏子。得匹欣所從。冰霜旦夕甚。彌年曠秋風。角枕徒已麗。羅裳不復縫。

桐生隴底下。白日長見遺。高枝拂枯岸。下根漬陰池。朔風吹隙籌。寒鳥相紛羈。本非桃李質。不羨艷陽期。藥餌妾所治。金石君自知。

嗷嗷雲中鶴。相呼食瑤艸。本期共翱翔。摧折抑何早。陰風起玄塗。素帷明丹旐。長恨逼盛年。玉顏屬幽抱。割臂有餘言。明期為君保。

魯婦結哀調。杞妻送苦言。貞白豈不佳。久誓古所難。刺劍思得利。激硃思得丹。一心奉君子。奚復相盤桓。茹苦甘如薺。絕粒之重泉。

（17）為宋子建悼亾二首

颶風驚逝節。晚緒披流黃。皎皎令室儀。端帷何周詳。良抉承君子。褧服充庭芳。玉琴叶清音。蘭蕙自生光。纖阿輒中馭。瑤華臨旦傷。灼灼盤中詩。悠悠使心愴。

心愴復何陳。良人念往素。潔身奉中閨。白華佐長慕。巷有嘉賓歡。室無罄罍懼。璿規表盛年。紛珮零朝露。哀響結綠衣。華鐙藹餘顧。永廢秦嘉書。幸排東美固。

2. 遊覽

（1）遊虞山

涼風審秋節。朝雨先晴暉。沐然濯山文。廻嶺娛清微。披艸蟲屢趨。搜翳雉方翬。越徑蹈危石。懸滕歘幽扉。新溜巖下淙。陰雲田中移。雙澗或深緬。兩峰亦迤邐。紫桂懷屬芳。碧泉想沉槳。差池藿始華。丰茸苧方滋。微生猶盛容。吾懷先秋期。攬霞固無侶。采菊良非時。山阿不可招。悵然下長陂。

明發戒重衣。駕言陟南麓。秋陽麗城隅。泫露熒巖曲。過邑訏山裝。出郭眇雲族。層石互疊積。滑嶺費彳丁。澹灔湖澄姿。熊魂海紛沃。麝跳香已迷。鵠飛羽難逐。登巇覽高暉。臨穴探幽伏。枯澗靡激流。荒藹有遺築。離離菌出松。簌簌橡辭谷。朱鴿既已飛。丹光不可燭。眷彼招隱人。微懷寄退矚。

（2）早發家

仲夏水氣上。蒼清曉長樾。客心蕩容與。晨裝戒明發。浩瀚江海思。棲遲弄雲物。枯麥潤餘光。平帆渺天末。水禽讙清音。蛙黽正深聒。波濤為誰興。天吳驕五月。殷殷紅榴花。萋萋莐葵葉。江山有逢迎。艸木多犖濁。獨生易為奇。眷物難所別。揚舲顧中川。于茲起吳越。

（3）自餘杭歷於潛道中

晨駕辭陰渚。逶迤見巖丘。芳翠滌餘藹。廻沙灼清流。洩雲漫方聚。深竹疑晴秋。岑巒有連蟬。道里無險投。紛襲緬騰蓨。汩澗搖澄湫。楓楮秀中椒。蒒蕨橫道周。青苗漾白水。明疇寫峴陬。滄滄水霧滋。娟娟微靄收。白鳥既輕弱。飛鱗亦緩遊。旅人從此涉。景曜俄然遒。餘暉滿層峯。惆悵靡淹留。

（4）縡於潛歷昌化道中

郡山不獨秀。遠靜周四方。雜沓林椒姿。如與浮雲長。驚瀨淪石根。曲阿避晨光。微雨淡遙岫。灌木來空涼。直眄謂岨絕。紆廻得平疆。層田參以差。欄狐無整防。接水若懸渡。截筊流輕航。少見雲洞黝〔註147〕。復眺霞嶺蒼。樵藘眇歸路。綺翠靡津梁。皓月洒孚谷。暮蟲紛已行。想彼山中人。落日吹笙篁。

（5）諸天閣雨眺

涼風吹高林。飛雨宿遠嶠。蒼然空濛姿。山光澹餘照。城廓烟已述。哀禽霧中嘯。層嵫上青冥。駃流下奔峭。樂哉縱潛虬。淒矣苦玄豹。柳昏隱長堤。溪嚴輟歸棹。萬里方亂流。三農有坐笑。予本羈旅人。傷心在登眺。屯雲連夜陰。鳴鐘散孤抱。托意在清狂。豈爲天人傲。山高氣熊熊。水深石皓皓。慷慨從中來。舒音示同調。

（6）大雨之後江流奔放晴霞覆林晚登湖西橋望羣山而作

大壑甚馳騖。遊子暮何之。川流盪修樾。層霞有歸思。日沒爽氣出。浥翠明晴姿。揚袂臨長波。客心寒涼澌。高障隱天術。深黛披雲帷。白鵠不可見。飛虹空若茲。薶蔦自淺深。悲泉各葳蕤〔註148〕。魚戲曲澗路。鳥還荒山陂。久濶江南調。含情念清徽。風雨乍沈伏。聲聽多幽奇。輕彎安可策。華襟誰爲披。豈必霜與雪。江山延暮悲。

（7）登齊雲巖謁真武廟二首

戒徒躡雲址。重巘冏青瑩。巖宮隆閟祠。樹羽粲山英。天儀既整列。地文良高清。嵌空太始石。隱遯元化經。玄真降北維。芝葢東南傾。祥威見鳥跡。秘祝符皇靈。瑤樽久已餰。瓊爨居然馨。丹泉夜汨汨。蒼崖晝冥冥。星月揮玄戈。風雨吹霓旌。陟此志縣緲。眷□情遙興。羽人若可呼。躑躅當崚嶒。

朱明阻探奇。勝事慚獨往。少陟未中椒。顧□已霞上。雷輧駐龍

〔註147〕原文爲異體字。
〔註148〕原文爲異體字。以下皆是。

策。巨石列虎掌。天門望崩雲。玉陛方霄朗。高眞下來深。絕景肅幽
饗。雍時秦典尊。太乙漢殿廣。神靈倚明皇。豈惟索象罔。伊予秉拙
誠。即事寄深仰。登高想音華。臨崖念棲養。邈哉巖中人。冲期抗塵
埃。

（8）落石臺

速駕自白嶽。朝靄紛相辭。疲旌指海陽。炎光悵前期。不謂空波
上。落此頹雲姿。挿水餘秀陰。漱石寒流澌。耳目匪遠延。蕭朗舒情
羈。深清水碧滋。縹緲女蘿絲。沉舟或千年。幽壑媚來兹。安知一心
賞。不爲神靈怡。崩崖常苦寂。旅人常苦饑。願言結精廬。相思一振
衣。

（9）納涼五明寺

披雲十餘寺。五明居上頭。涼風吹貝葉。日日如新秋。鳥鳴翠微
深。日薄松檜幽。眞王都蓮花。趺岇崖中修。道人過惠安。談議延林
藪。畫壁龍樹枝。開懷探奇儔。牽蘿非招隱。食蕨懷山謀。落日鐘磬
合。香林恣冥遊。

——文本摘自清・李雯撰，四庫禁燬書叢刊編纂委員會：《蓼齋集四十七卷・
　後集五卷》（北京：北京出版社，1997 年 6 月，《四庫禁燬書叢刊》清順
　治十四年石維崑刻本），第 111 冊，集部，頁 319～327。

《蓼齋集・卷十四・五言古詩（六）》

1. 遊覽二

（1）將遊黃山作

驅車登五嶽。怨彼道路暌。放舟凌三山。或恐風中迷。邈哉時未
會。志與飛雲齊。兹山毓靈秀。道自邃古稽。徑隱秦漢初。跡遯齊梁
題。仙英久已作。龍首森然棲。我行雖彳亍。朝夕懷幽蹊。旭旦發陽
厓。落日宿陰谿。未知白露團。似聞炏猿啼。褰裳即徃路。仄足攀山
荑。願言結遙契。及此緣丹梯。

（2）桃花園望白龍潭

皎日滌新烁。層崖麗朝閣。有客披雲姿。探奇自此作。巖中訪石英。戶外摘芳蘦。眷然啓山扉。至情會淡漠。登此谷中樓。兼茲山下壑。懸流亦素澄。頹石何磊落。邂逅羅槿葵。清懷淡然諾。俯仰几席淡。左右塵埃薄。雷雨藏尺波。神物資戲謔。坐此會忘年。何須期採藥。

（3）湯池作

神芝秘丹經。鶱漿駐馳策。繕性豈中期。餌服資外益。少小誦靈文。丹砂洵良石。勾漏既荒州。地肺藏已僻。矧茲山川英。寶蓄奮奇液。溫源瀋芳甘。沸泉又清湜。效著橋山池。灼異沮陽翮。灕灕桃花湯。璨璨瓊沙粒。豈惟玉女盆。不假金膏澤。黽勉瀋微躬。晞髮當朝日。

（4）慈光寺作〔即朱砂菴〕

靈嶠既崇嚴。禪林有淡會。普門高浮屠。神宗盛皇帝。荒林啓旃檀。香象度層翠。壇前白木蓮。何異多羅樹。眞如金煌□〔註149〕。袈裟光烱碎。天母手遣裁。寶冊馳中貴。二聖千萬年。百靈奏祥瑞。豈日求空無。聖孝震天地。鼎湖不可攀。天下日多事。大師亦西歸。曠恩久蕪棄。至今金蓮花。覆在茅茨內。大乘與化俱。隨時見隆替。庶幾玉階平。至尊念遺墜。永願或可從。鬟雲會清閟。

（5）度東蓮溝至趙州精舍

暮宿慈光寺。朝度東蓮溝。密陰間頹石。積疊如人謀。旭日外朗麗。烟谷中幽脩。節短草木秀。硤高青冥浮。遠岫半沉落。奔雲飛上頭。風雨聽淡外。饑猿聲啾啾。鳥道限烏鵲。人跡危龍虯。旅食仗老僧。雲路恣深求。

（6）自趙州菴經天都峯北至貝葉菴

龍道苦難登。攀躋亦不息。既經天障高。復覺疲蹇失。上有比肩仙。雲岫當風逸。下有蒼顏樹。穹根走巨石。豈知五嶽尊。但苦崆峒逼。望西惑亂岑。降東喜岐術。乃依百藥徑。更得禪棲宅。幽洞臨深

〔註149〕原文爲異體字。左火右芒。

湫。環壁延冥色。飛雨山下來。杳然清樽夕。至此神淡無。相携任虚覿。

（7）自小心坡至文殊院

晨光照西峰。遊子心溿漾。微徑聊可從。寒硤距股掌。清濕新漏泉。屈射雲寶晃。神谷既屢斷。飛嶠更淡徍。霄岸匪苟升。松門不虚敞。靈奇有駢會。合沓見英爽。蕭蕭北風初。冉冉南雲上。顧此念一徒。伊蒲非外奬。

（8）文殊院雨後早眺

文殊亘陽崖。重椒肆秀望。日出天都東。散在蓮花上。松栝洗晴嵐。長風激雲浪。石林氣清淒。天人共淒曠。淡瀨光翠搖。潛瀬礜聲壯。俯視升氛勞。始知奔峭抗。山蒼秋易高。曉靜跡難放。七月遂寒衣。憑虚一惆悵。

（9）登蓮花峰

捨策上窮巘。褰裳歷洞室。顧足謂已高。瞻景猶未畢。離疏發初苞。空嵌鏤秀實。薄宵念身浮。俯嶺知勢積。西望匡廬深。北擬泰華敵。神州蕩崢嶸。飛烟肆遙羃。峰上日方炫。巖下雨已淅。靈域韜澄鮮。眞氣潤松柏。跡曠省慮馳。形危爽近適。凉風濕我衣。欻然下層壁。

（10）雨中下百步梯望軒轅鍊丹臺

石磴既下折。幽壑昧淜險。泫露松際披。濕雲草中踐。眷彼鍊玉人。峨峰辨旒冕。羽人信林立。鶴駕疑虚衍。霄房蔽龍蹻。雲英麗金簡。精華有沉伏。津術非迂淺。化人飛霧裙。汾陽駐靈輦。神世逸奇踪。縹緲誰能辨。菌閣良已遐。蘭徑竟不顯。幽景費躊躇。空谷存婉孌。學道患情深。懷仙覺形善。庶幾存虚無。然後得所遣。

（11）始信峰下望散花塢

林陬藹曙光。雲日宕晴媚。散花既青冥。始信亦奇銳。傾崖宿蒼陰。倒影不及地。飛泉響外音。仄峽緬〔註150〕幽隧。已觀朱明移。

〔註150〕原文爲異體字。以下皆是。

復與玄景會。夭矯潛虯姿。穹窿丹磴勢。抱志無與宣。悵然秋風際。

（12）獅子林上石笋磧

層椒少西夷。凌崖復北上。舒杖未百步。紛目儆千丈。刀環隱仄疊。虎牙更森籾。峴崿鏤雲根。清巖肅天仗。風吹仙人眉。日照鸚鵡障。于此聚重陰。憑湙阻駘蕩。茅簹颸已烋。巖條彙清響。幽造異寒暄。沉棲乏諧暢。顧非駕鴻儔。安能獨簫浪。

（13）縁白沙嶺下丞相源

下嶺苦跼蹐。荒途渺難臻。新阪既屢降。故岑乃益渓。百泉湧飛道。一徑迷窮林。水滑陷浮沙。石細翻亂榛。旅人斷復續。蹀躞相依因。涉澗坐危石。披荊暗去津。下有虎豹跡。上見猿猴嗔。側足顧左右。卷袂良逡巡。已窮青蒼目。乃聞鐘磬音。林迥精廬高。谷鳴秋夜沉。且復慰疲蹇。舒懷振微吟。

（14）縁丞相源下湯池口望別黃山

夕宿歸緇衣。食此山中蕨。曉行隨飛雲。辭彼澗中月。懸波皎練光。潛潭竟激越。山川有餘變。雲物恣恍惚。出谷靈岫遐。甩步紅泉闋。蘇門愧孫登。抱犢慙王烈。逸景未窮追。奇心恨倉猝。倘成烟霞人。春烁非阻別。遠覿表素誠。將無待明發。

（15）下新江入桐廬

秋心澹無緒。歷落清江陰。伏樵發鳴湍。鮮颸擊中林。樓薄依芳芷。披映非招尋。望景日巳限。入峽意方渼。孤舟泛長流。迷鳥羈曲溽。透迤阻朝陽。汩瀹聯夜霪[註 151]。尚含許生志。遠求桐君岑。懷抱合溟漠。中川引微吟。蒼蒼陰霞姿。淒淒披人襟。

（16）下七里灘經嚴子陵釣臺

奔瀨趨長川。秋雨竟不歇。岡磴紛映枏。川石肆驚越。三江會風湍。雙臺緲碑矸。過艇肅遺祠。振衣景索節。尚想披羊裘。惟餘攬石髮。鷺鵠遠為珍。鳧雛近遭忽。至哉釣竽人。久矣乘烟月。

〔註151〕原文為異體字。以下皆是。

（17）富春懷古

大江連富春。擊櫂過城郭。客心悵窮秋。風雨浩難託。魚龍戲草間。荒郊宿孤鵑。猶聞陽平山。及此懷霸略。偏隅寡帝材。斯人信首作。英物高山川。平時隱飛躍。開吳業已蕪。助漢功亦爍。雄風遂千秋。相視徒龍蠖。

（18）錢塘江上作

海氣亦不輟。江濤鬱如霧。孤舟觸大魚。飛潮彈輕鷺。參差吳岫低。瀲澄越溪桂。微雨海上來。偏與遊子遇。橫愁莽空濶。落日明水路。已有慕歸心。若懸離別趣。時籟生烋陰。囘風捲旌素。浮雲超我飛。旅燕屢囘顧。去矣免滯滛。因之赤山埠。

（19）西陵作

秋山多薄雲。蟬鳴西陵草。美人竟不作。月白傷心道。清砧江上聞。楓葉山中老。錢塘風雨多。零落盈懷抱。可憐逸艷姿。靈衣獨振時。餘香人不識。化作春風吹。

（20）自孤山至西陵橋

秋旦延緒風。山容淨如洗。孤嶼秀中洲。平湖渺囘纚。水木間陰華。離披雜苹蘚〔註 152〕。未覺雲寶淡。已見芳林遠。採薄玄露滋。遵渚石華淺。寄言寫層憂。荒途緬登踐。拾翠翠已迷。懷芳芳未搴。千秋有沉姿。棲情藹餘變。

（21）與吳端維俞六瞻方南公登六和塔

澄江淡無極。客思懸高秋。置身飛鳥際。俯聽大壑流。白雲起會稽。海氣淩滄州。別鵠恃蜀鳴。鵂雞亦群游。邂逅賞心人。登臨舒百憂。江海助清壯。飛懷滿林藪。昔聞霸業興。萬弩排陽侯。英風旣已屬。神物爲之柔。伊余徒步人。及此淩高丘。拂衣竟三嘆。涼風落梧楸。

〔註152〕原文爲異體字。以下皆是。

（22）繇斷橋泛舟孤山之陰訪張幼青園亭

透迤錦隄路。晏婉孤山陰。表裏映重湖。參差倚密岑。揚舲瀉長瀨。時籟吹清音。凉舘何蕭蕭。煙樓亦沉沉。華林變芳素。寒卉相依因。空翠無定姿。芸黃合凄深。爲間巖中士。結此暮秋心。萱蘇旣有托。蘭蕙披人襟。夕陽在山隅。越鳥奏微吟。素節傷奇懷。躑躅良至今。

（23）至日游南澗至理安寺

借問登高日。乃在上舒時。嚴景旣不應。青氷俄已澌。旅人越多禁。命似南山陲。群高叠秀蔚。層曲冷清漪。紫澗覆石髮。松磴寒蒼枝。囘巒氣淒密。激音響越凄。橫徑趨禪林。秀閣崇玄基。習習青霞合。涓涓紅泉滋。金梵域新敞。霜厓蘿舊披。妙象遠難識。高樓良可依。

（24）虎跑寺

荒塗歷竹徑。跨嶺得鳴泉。樹高古寺出。日落山焖然。巖花寒尚發。石鬉溜微懸。緇衣埽道場。空翠羅門前。龍官響虛籟。虎跡依青蓮。香界亦何已。華鍾清暮禪。石出山藻淨。靄深歸鳥旋。何當住雲壑。日玩金爐烟。

（25）遊雲居山〔即吳山之別峯以有雲居寺故名〕

漸江分越襟。胥山甸吳服。關阻擁五湖。徑塗控二牧。茲嶺撫雄圖。於焉眺川陸。赤砂縮寒江。明湖淡脩木。濤聲雜萬家。千岫起雲族。清蒼凉霧滋。蒙密寒楚續。坿坦旣參差。岡巒屢廻複。宮是宋帝荒。城餘越公築。懷古欲悲歌。俯身思局促。乃登羽士堂。更入仙人屋。嵌空見巖寶。脩疏秀筠竹。列舘棲群眞。飛雲念黃鵠。頗有三山意。復苦兩暉速。塵徃不可詮。理至自無惑。我其思玄放。何爲但覉束。

（26）觀許泉〔註153〕

茲泉徑百步。氾濫流清英。潛波起圓沙。洄文如列星。云自鳧嶧

〔註153〕文本亦收錄於「陳立校本」，卷一，頁 16。其詩題有一副標，曰：「嶧縣」。「氾濫流清英」作「汎濫流清英」；「洄文如列星」作「洄紋如列星」；「云自鳧嶧山」作「云自鳧繹山」；「我來憩嘉樹」作「我來憩佳樹」。

山。發榮此淳淳。女蘿覆深陰。苹藾浮淺清。下流廻澗曲。上壑終窈
冥。我來憩嘉樹。飲馬兼濯纓。桑柘高下居。黃鳥枝間鳴。寫影碧潭
淨。隨波雜花輕。脩然惠風至。懷此滄浪情。

（27）錢家坎望太湖

陶夏陟吳山。湖光動虛袂。雜果下長坡。青林隱豐荔。渺渺湖上
心。臨波爲愁思。烟霏林屋明。石落龍堂悶。絲竹含金波。頹霞亂荷
芰。尚想扁舟人。雲跡望天際。江海自此深。芷葯紛相謝。釣竿或可
垂。茲焉渺身世。

（28）雨中舟次靈岩山

飛雨濕廻塘。中林藹凄爽。高臺蘭葉稀。玉砌青苔上。彷彿歌吹
音。徘徊更興想。芳趺長石華。鳴柳動清響。女蘿何嬋娟。烟虹竟來
徃。香蕪草徑深。琴沒離思鞅。螻蛄則已鳴。雲寶初未朗。輟棹曬層
阿。懷抱深俯仰。

（29）弢光庵同轅文作〔註154〕

深徑渺晴暉。高林見清蔚。蕭然遂屢升。撫懷竟凄異。幽泉亂紅
蕚。密竹響虛翠。新枝枲以垂。羈鳥坐相對。嬋娟巒岫微。容裔蒼霞
被。憨無輕身資。幸得攜手濟。嘯豈蘇門長。跡在崆峒內。願言採石
華。餘風動蘭蕙。

（30）與宋轅文登謝公墩

散髮求清林。平岡越脩爽。蒼蒼陵闕淏。鬱鬱朱霞上。披襟佇惠
風。遙瞡〔註155〕期心賞。吟彼西州詩。發此東山想。太傅既清夷。
右軍復蕭朗。芳珮隨逸塵。松筠寄微仰。良朋與此流。秀懷競雙獎。
何必疑斯人。千秒振餘響。

（31）由雨花臺覽涉諸勝

微颸協先期。季夏淡雲日。振策歷南岡。徘徊顧京色。深竹引康

〔註154〕文本亦收錄於「陳立校本」，卷一，頁15。
〔註155〕原文爲異體字。不知讀音。

莊。禪林淒近域。江鳴脩樾涼。岫遠升氛密。縱橫道素基。雜遝綺靡術。奇葩陳徃筌。音華獎來識。蒼然靈雨姿。滌矣關河色。沉景不我遲。興懷遂非一。山川竟何如。誰其爲金石。

（32）清凉山登翠微亭眺望

脩林引清術。晨露冒荒途。京洛有彷髴。華曜隔山區。密涼生秀筠。囘飈振豐蒲。登高俯川陸。雲日清皇都。南望極曙帆。北顧廻明湖。陰霞且夕起。祖帳日夜徂。碧潤想桂宮。蘭澤懷椒塗。紛藹馳目前。清麗隨人疎。興懷非獨徃。結意寧暫舒。

（33）游靈谷寺

靈谷啓秀域。神苑生微涼。巖岨競環衛。飛音歸上方。迢迢龍馭塗。滌滌松風長。十里交清音。兩峰秀初陽。涉秦王氣始。紀梁大覺藏。千烁異靈閟。一代圖運昌。八功即鼎湖。龍髯在南岡。衹樹雜文園。御容臨講堂。谷舘見麛鹿。雲蘿梟石床。振衣天路潤。穿林密澗芳。躑躅望儲胥。參差隱百常。雞鳴烟翠外。馬蹀園陵旁。秋景旣已麗。梧楸猶未黃。駕言蕩塵轡。於此俱翱翔。

（34）登觀音山望大江

申旦登皇畿。遲回泛江甸。連山蔽崇基。荒城阻崖岸。顧茲復積疊。臨波秀葱蒨。密石上參差。紛流下奔箭。探此雲屋深。望彼飛潮緬。綠帆漾微風。自羽唼沙衍。前瞻雲霧多。後視京蔓眩。戚戚辭神皐。翩翩逐飛翰。豈其慕歸心。揚舲起遙嘆。

2. 宴集

（1）家君誕日與狎客宴山亭作

飲酒樂相壽。家翁臥南山。層樓撫長波。沉雲壓危巒。水滴涼菱蒲。石出列巑岏。良苗風已交。餘秀紛可餐。烟黛旣朗越。疇畦亦整繁。氣出林樾深。燕接白水漫。矚虹乃搖裔。睇月何盤桓。夜光藹巖姿。雲族歸有班。肅肅仙鼠飛。遲遲丹烏閒。羅衣披垂髫。清響越鵾絃。招賓愧玄素。頗亦相周旋。縱橫觴爵中。顛倒簪珥前。屢舞犯衛

詩。滅燭疑楚筵。子光自放岸。彥國良達賢。酣法有不如。洁歡獨遠
延。

（2）十六夜偕闇公尚木及諸同社集飲

天下正紛紜。吾輩猶未遇。蕭條四五人。空躡城隅路。高舘延清
陰。秋霞起蒼樹。浩蕩觀英雄。蹇折見高度。雖無一徃歡。離思幸方
聚。斟酌風雅姿。渺論縱橫務。美人羅淡愁。奇懷眷涼素。皓月天容
深。飛羽振遊霧。氣白平楚間。風下梧桐露。其時神崢嶸。攜手徒四
顧。平生結交徒。心事燦已數。杯酒安足辭。相與貞歲暮。

（3）秋日周介生到郡同社集陸文孫宅得三十六人作大會詩

涼秋肅高會。置酒城南隅。嘉賓羅四筵。車馬填中衢。左右觴爵
流。華鐙垂綺疏。清商激餘音。雅歌越笙竽。主人多樂方。燁燿明星
徂。緩步臨文軒。遙夜正敷愉。豈惟芳樽稠。良朋為我娛。大國多各
材。千里不相殊。縞帶自古昔。竹箭相依俱。所恨在貧賤。不能同馳
驅。飛雲會中宵。龍蛇雜潛居。握手當列星。臨支獨躊躇。

（4）沈天鹿招宴湖中遊泛竟日落暉新月山水相際烟樹之交殊
異狀也屢引淒暢作詩記之

群山秀湖上。秋色明高林。中流蕩素舟。有客延賞心。隨波聊上
下。遊目觀飛沉。搖落多暮思。孤鴻有哀音。山明藹餘曖。樹遠吹浮
陰。歷歷丹碧微。蒼蒼水霧深。朗然雲際月。披我風中餘。杯酒見情
素。秋原多滯淫。徘徊攜手交。我其忘吳吟。

（5）冬日馮儼公馮硯祥江道闇嚴子問梁余及錢虞鄰同集鄒孝
直兄弟齋因留宿題撫春軒

自為錢塘客。諸君多知音。握手交一言。坦然見我心。高會忘越
鄉。四座羅南金。穆若披清風。朗若張素琴。蘭蕙交前除。圖史滿藝
林。英美既殊尚。情味亦緩斟。酒酣飽庶羞。耳熱思微吟。但見朗月
高。乃忘氷霜深。元龍復讓床。姜肱有餘衾。未令寒夜脩。被服心所
欽。

（6）春日過宋氏庄飲〔註156〕

泛舟乘飛潮。春風蕩平陸。膴田相綺繡。原草繁以綠。宋氏有高樓。中疇秀喬木。左右可萬家。豁達開壼域。爲想堂構人。頗有英雄目。昔時平原杯。哲嗣爲我續。遊目俯周垣。夕陽動脩竹。懷此磊砢心。感彼狐兔族。庭樹自古今。達人傷化速。一吟躬耕詩。再撫雍門曲。飲中有餘思。浩蕩歡不足。

（7）夏日看彩虹時徐易千張子敬張子航龔淵度錢虞鄰為座客

落日照霏雨。高舘懷凉風。登樓揖傲客。澄盼舒烟虹。明宵麗半規。飛駕越兩龍。婥約有餘姿。奇光映青蔥。俄然草際淡。容與淦波空。霓裳還江姝。絳氣歸海童。惆悵江南女。停橈蓮葉東。

（8）上巳

方春發清娛。白日麗蘭臯。遊禽散歡音。時物懷芳朝。瞻睇池上樓。流覽巖下潮。明雲有柔變。穠葩亦輕搖。嗟余苦羈怨。散志托朋曹。羽觴在幽沼。翰墨臨清郊。攘袂羅橫藹。冒巾煩昌條。延懷越晶曠。結思招澄遙。菱荇波際披。鶯燕花中勞。愧彼蕙蘭花。迎風楊春苗。顧景激遲回。攬榮傷寂寥。婉媚易爲好。欽寄獨難聊。是懷庶可祓。噭然舒長謠。

（9）七日宴汪子陶齋中賦牛女

疲客無程期。出門異星旦。良會得故人。賞心眄澄漢。飛雲落遠崖。芙蓉秀餘燦。靈期傳武丁。空宵竚遙願。秋襟連夜披。玉露迎風泫。時來瑤珮加。氣徹縈烟散。羽駕宿河洲。遲情隱霄岸。昔別有餘快。今歡又方晏。安知攜手交。乃作離幃怨。天偷凉去陰。明河貯遺眷。

（10）九日招龔九萊張子敬錢虞鄰與兄弟宴集

高雲亂長薄。橘柚分南洲。曠野多悲思。平川逝明流。言從斗酒會。此日娛晴秋。密念屬比鄰。親葵來相投。文鱗戲玄池。錦翼出林跋。餘芳猶可藉。觴酌靡言稠。翠袖竹下寒。明月波中浮。駕言登高期。相

與臨荒丘。下有枯夶人。上有池南樓。曠達識徃趣。懽理亦易求。丹林從風搖。青蕤迅不留。幸得酬佳夜。誰能懷百憂。

（11）十日看菊秋士齋

步出東郊外。平皐葉亂飛。白日藹空巷。幽人正披衣。憑軒羅雜英。左右流清霏。多君美玄尙。素節研餘暉。淡足心賞間。韜懵復忘機。燕居旣容裕。朔風輕凉威。階列賢人草。杯泛靈和滋。澹瀲素秋月。遺照開單帷。墜露良可餐。攜手心不違。脊然明霜貌。夕香歸東扉。

（12）九日登高詩〔註157〕

顥顥九秋節。凄凄登高期。長年獨何人。秋花賞芳枝。林木饒遠陰。荒庭發層思。水蕩影搖漪。月出雲參差。傲然接所歡。開言絕中疑。驤首雲摹勳。黿藻蓬萊湄。道左不得志。浩歌難自持。攜手矚寥廓。相盼神披離。青冥在澄潭。幽懷靡所之。鳳嘆臨丹穴。龍愁鬱湫池。瀼瀼露滿襟。佳人臥遙帷。雲路不可即。悵望秋風吹。

（13）秋園感懷〔註158〕

凉風吹秋雲。飛雁無北向。海湧鯨鯢多。野荒豺虎壯。西悲秦川流。南愁蒼梧瘴。東顧海岱間。蟣蝨稱伯王。巾幗秉鉞旄。□□在民上。紛紜牢犿煩。是物不可創。健兒怯爲兵。作賊孤雛放。是以黃巾徒。飄然恣飛颺。裂錦披龍文。繡駞綴華仗。嚼酒簸紅旗。擁姬刀環旁。猶然中原人。已作騷胡狀。豈無將相尊。黃屋自惆悵。置國非金甖。聞烽思玉帳。英雄在草間。無餌其所逞。河鼓星光搖。車騎四方漾。山東大賊血。近聞誅敗將。遠調防胡兵。內伐絕賊呭。十萬非不

〔註157〕文本亦收錄於「壬申合稿」，卷之八，頁643。「荒庭發層思」作「荒庭發層思」；「水蕩影搖漪」作「水傷影搖漪」；「傲然接所歡」作「傲然接所勸」；「驤首雲摹勳」作「驤首雲臺勳」；「黿藻蓬萊湄」作「黿藻蓬萊湑」；「瀼瀼露滿襟」作「寔寔露滿襟」。

〔註158〕文本亦收錄於「壬申合稿」，卷之八，頁643。「□□在民上」作「貐窫在民上」；「繡駞綴華仗」作「繡駞綴華仗」；「擁姬刀環旁」作「擁姬刀環旖」；「已作騷胡狀」作「已作羞胡狀」；「卽事生□□」作「卽事生猗猱」；「蒼蒼吳雲潩」作「蒼蒼吳雲深」。

多。貴其速剪滅。閭門無鐵樞。臨秋亦宜防。猶恐久遲疑。即事生□
□。方今禍亂後。橫跡時相釀。棘荊易為林。恐或煩哲匠。蒼蒼吳雲
湊。冥冥海霧漲。黃鵠不可乘。鷙鶴叢相謗。安得挽天弧。奮手射四
望。鵂鶹空山焚。蛙黽江河莝。四海無風塵。傲然守青嶂。

——文本摘自清‧李雯撰，四庫禁燬書叢刊編纂委員會：《蓼齋集四十七卷‧
後集五卷》（北京：北京出版社，1997 年 6 月，《四庫禁燬書叢刊》清順
治十四年石維崑刻本），第 111 冊，集部，頁 328～337。

《蓼齋集‧卷十五‧七言古風（一）》

1. 擬古

（1）春江花月夜

　　長干兒郎越溪女。共隔江潮怨春水。既逢江上明月生。復見江花
麗晴綺。江明花影不勝春。逐月流波宜照人。淡淡烟中籠水玉。靡靡
沙際飄紅縜。此時江畔春歸蒦。更值銜花夜相見。三春游女花作衣。
一曲歡聞月為扇。可憐江上雙嬋娟。飛紈動翠愁欲然。無端自倚青綺
帳。安能獨上木蘭船。木蘭船上春風度。搖曳明紈灼芳素。玉戶遙開
人不眠。綠帆遠漾情無數。無數愁心江上聞。離人夢到茱萸〔註 159〕
灣。安知鮫妾遺珠去。不有明童跨鯉。還鯉奐撥刺江水。忌綠浦沉沉
弄珠。立妾意常隨南浦雲。知君又作錢塘客。橫塘烏棲繞落花。何人
向月彈琵琶。月明獨聽相思浦。花落先飄蕩子家。蕩子春深不知處。
北霧南雲郭江樹。月暗蘭皋芳緒迷。離思空落踏青路。

（2）陽春歌

　　陽春曉霧花間濕。踏青女兒盼行客。陌上牽花風欲輕。袖裏藏鉤
人不識。萍帶初舒奐戲通。栁絲乍捲鴛窺忌。高屏孔雀對沐閒。短架
薔薇映身立。試看香羅紫袖寬。金槽琵琶語夜闌。落花滿砌柔無力。
春風何處不相關。

〔註159〕原文為異體字。以下皆是。

（3）明秋曲

明秋耿耿當霄岸。葉落鷹高望中見。雕弓初燥五陵原。紈扇新收
長信殿。此時萬里雲亂行。吳愁楚思風婷婷。長楸嘶斷紫驪馬。短草
平原落日明。臨風卷幔秋如水。龍笛吹寒夜不止。紫塞飛鴻天外歸。
南國芙蓉夢中死。可憐羅袖當窗人。水晶簾薄香鱗鱗。鴛鴦碧瓦聯清
露。玉柱凋傷金雁新。

（4）春思

春思初含雜花早。柳絲初曙籠啼鳥。花虬出圻莢錢多。鳳子遊芳
苣蔻小。青樓明鏡坐相看。遲日金鑪和麝蘭。香溪止被風吹散。一曲
明妃樓上彈。

（5）北風行

蒼林月照光朣朧。黃沙草中多北風。朝飛龍磧千里雪。暮斷衡陽
一隊鴻。此時溪谷啼悲狨。女蘿颼颼飄清濛。仙人夜嘯鸞鶴動。翩然
欲下蘇門東。龍吟虎嘷一氣中。銀濤高湧峩青峯。若士雲中捲龜殼。
馮夷海上驅玉童。雲中海上愁無數。清霜飛盡瀟湘渡。笛中折栁怨高
樓。寶劍芙蓉寒日暮。戰士溪悲月似弓。橐駝股栗層冰路。何來堂上
吹素琴。吹作流泉三峽溪。鵾雞起舞星河直。幽夢飛馬不可尋。

（6）少年行

玉勒金鏤五花馬。直上甘泉馬不下。貴姊初拜長信宮。身在期門
領積射。朝隨天子獵長揚。自臂胡鷹出建章。盡眉日暖黃鸝樹。調管
身登白玉牀。一生射獵兼蹴踘。挾彈鳴鞭芳草綠。堂中羅袖一千人。
池上鴛鴦三十六。承恩濫賜水衡錢。乞得長安鄠杜田。朱樓日暮歌鐘
起。琥珀金盤相對鮮。輕豪㝡羨張公子。結駟連鑣交趙李。可憐白面
遊冶郎。醉殺春風艷陽裏。

（7）渭城少年行〔註160〕

渭城春水天漢明。長安年少蹀花行。風廻繡陌搖青轡。岸拂長楊

〔註160〕文本亦收錄於「陳立校本」，卷四，頁72～73。

結縵縷。長安二月花如霰。麗日飄空滿春甸。雲中銀闕對南山。松下金椎通上苑。南山上苑盛妍華。帝里春城宿暮霞。休沐新持七寶扇。連鑣爭上六萌車。碧露晴開平樂路。珠簾曉映新豐樹。相逢玉軸自相親。相別紅塵各何處。城南二曲可憐春。游絲落絮何紛紛。不惜金丸移自日。嘗攜錦瑟映佳人。金丸錦瑟時相及。鳳鳳城裏春風悥。千門紫氣亂鶯啼。萬戶梨花纖月白。阿兄初拜大長秋。女弟承恩更不憂。自言漢代金吾貴。不用邊庭博望侯。

（8）少將行

平原淺草馬蹄香。繡旗金甲聯雲長。將軍少長深宮裏。初試軍容出建章。陳前壯士虎文袴。寶校銀纏滯星霧。玉龍親壓鼴鼠毛。蹴踘方完射霜兔。裹蹄犀毗乘橐駝。軍中賜與人人過。飽酣咸願得一戰。追鋒遠出白狼河。顛顏山上鐃歌發。美人雙舞弄胡月。天子勞賜盧鬼裘。龍媒愛踏蔥山雪。將種相傳白虎頭。請封乞得龍頷侯。歸來更作副車客。不見年年遼海秋。

（9）老將行

關西老將氣莫當。自言十五輕□霜。區區射鵰何足問。隻身獨取樓蘭王。□兒識我紫騮馬。鳴鞭每傍陰山下。朝遊五原暮雁門。衛霍傾心袖行把。高原射虎虎不騰。獵火夜照單于營。博望曾爲帳下校。貳師小兒安知兵。大小百戰身不殀。雖不封侯勳萬里。天子閔我筋力衰。詔入曲宣領□騎。一朝縞練送武皇。宮車不復出長楊。少年部曲盡零落。空餘一劍當身長。平生結交燕齊客。教我金丹住顏色。壯夫心事隨猿公。欲往嵩陽開石室。

（10）洛陽女兒行

洛陽女兒春睡時。囘頭望見楊柳絲。珊瑚牀煖桃花袖。翡翠籠調鸚鵡詞。鸚鵡樽前動金索。鯨冰片片隨風薄。玉爐沉火炙新簧。寶鬢輕蟬帳中掠。可憐十五破瓜期。欲素宜纖頳玉枝。壁畫班姬團扇怨。口吟卓女釣竿詩。驕矜自言不可擬。家在雍門對洛水。春持檀板歌落

梅。髮采芙蓉弄蓮子。誰家年少遊冶郎。青驄白馬紫遊韁。一時下馬
看不見。羨我朱樓白玉堂。

（11）盧姬篇

盧姬昔日嬌武皇。紫袖籠簫素指長。武皇銅爵青雲臺。玉戶金扉
相向開。漳河楊柳春欲暮。梆枝百百隨歌舞。暢歌暢舞艷陽辰。綠香
散落紅綸巾。明月清霞照金盞。一斟一酌愁花滿。君王憐寵獨專時。
綺幔流蘇香睡遲。須臾賣履三墓下。玉鬢朱顏空自知。

（12）川上女

川上女。曉行船。春歌一曲拖紫煙。杏衫短袖合歡領。蘭橈刺處
紅鯉鮮。二月桃花浪頭白。八尺布帆十斛力。東風輕暖蕩舟平。郎君
可是橫塘客。

（13）擣衣篇〔註161〕

閨閣佳人字莫愁。年年紅粉對青樓。乍知玉腕羅衣薄。早識金風
紫塞秋。紫塞秋風那可度。思君更遠交河去。難從明月望刀環。且向
機頭拂紈素。紅袖初憐金剪寒。青砧還近石床安。誰家橫笛清商動。
賤妾虛桐響夜闌。夜闌顧影常微嘆。一輕一重隨風亂。緩振鳴環雜夜
蛩。忌廻玉節陵飛雁。鳴環玉節動金波。素錦囬文幽怨多。此夜清霜
侵蕙帶。此時朔雪照銀戈。庭槐月落砧聲歇。斗帳微紅心斷絕。量揣
君身尺幅詳。還加妾意裁縫密。昨聞移戍向龍城。萬里黃雲愁不行。
空閨用盡三秋力。寄到軍前春草生。

（14）寄衣曲

高秋遙夜鳴箏歇。裁紈剪素憂思發。作成繡袂雙紋袍。上有盤螭
當却月。採桑養蠶蠶吐絲。織縑裁衣妾自知。編情紉怨題封內。明月
清霜君着時。君言遼海多陰雪。褋襠腰襦加複纈。袖中迷迭自然香。
痕成玉筯看不滅。邊城十月黃雲寒。征人夜度顴顏山。囊篋空傳素手

〔註161〕文本亦收錄於「陳立校本」，卷四，頁71。「素錦囬文幽怨多」作「素
　　　　錦囘紋幽怨多」。

跡。鐵衣更覣層冰間。聞道功成氣益高。漢家更賜秦復陶。常恐君心不自保。欲採蘼蕪怨長道。

（15）寄遠曲〔註162〕

白玉樓中織錦機。回紋小字香霏微。不得雲中雙綺翼。為君萬里寄征衣。征衣細縐同心結。寄徃狂夫淚空咽。妾夢猶遲灞岸雲。君身已度交河雪。交河雪淡那可測。千里明駝無氣力。別意新裁金剪刀。啼痕暗數黃沙磧。黃沙磧裏胡雁呼。陰風獵獵鳴雕弧。六郡良家十萬騎。紫騮玉面稱最都。葵頜虎頭君自有。鳳帶鴛衾妾空守。願君早奪焉支山。歸來玉門春未闌。

（16）朝來曲

游絲濛濛雜花霧。欲捲湘簾映芳素。朝來玉鏡未上臺。美人早倚櫻桃樹。櫻桃花枝照戶明。羅衣偏繞春風情。妝成回手安珠帔。香罷迎風夫玉笙。玉笙幽咽隨風入。夫壻初回下朝客。屖〔註163〕穌〔註164〕琥珀不禁紅。紫桂青梧自然碧。綺帳南榮聯北堂。玉缸置酒瀉酒嘗。年年自向鈿車去。何似羅敷親採桑。

（17）吳宮怨

君不見舘娃宮中春水綠。羽帳珠簾動清曲。朱霞欲向舞衣低。吳王醉倚人如玉。宮墻流水妖夢闌。鸜鵒飛上碧欄杆。猶餘歌舞今不散。日暮長洲秋草寒。

（18）鴻門行

君不見咸陽列戟高如雲。沛公夜入鴻門軍。鼓嚴星高武帳動。鳴刀攇甲何紛紜。金盤淋漓炙生豹。玉缸瀉酒紅旗照。亞父舉玦留侯愁。舞陽據盾重瞳笑。酒闌抎劍離錦茵。玉斗更怒居巢人。勢如虓虎不可噉。漢家蒼龍自有神。

〔註162〕文本亦收錄於「陳立校本」，卷四，頁73。
〔註163〕原文爲異體字。
〔註164〕原文爲異體字

（19）射蛟行

君不見九疑山色飛滄凉。武皇南下潯陽江。繡幕牙檣連霧起。甲光浴日金波長。天子樓船坐南面。意若飛雲籠江甸。相風拂翼七星旆。翠盖森疏紫霄劒。前馳朱鳥次蒼龍。海童江妾娛清宴。不令奇鵤水上飛。肯使長鯨霧中見。何物老蛟當艫艦。玄冥不謹揚鯉風。舟中顧謂伩蜚士。一箭射蛟蛟眼紅。鸞刀細削雲霧姿。雕盤會食洪濤中。秦皇海上費魚具。夏后厨中醢夗龍。威名遠近勢不敵。漢家天子眞英雄。氣合大海通江淮。橫流賦詩不易哉。一時神物異顯晦。昆明大魚銜珠來。

（20）玉壺吟〔註 165〕

西風吹野水。朗月忽然浮。壯士擊唾壺。龍吟碧海秋。蒼天雙懸兩日月。戲弄賢心與愚骨。黃公施鞭騎土龍。凌烟倒影何超忽。紫金爲梯白玉梁。星辰可摘虹霓裳。自言身作青雲客。豈與世人同低昂。可惜當時八駿馬。聯羈並在鹽車下。出遭鞭策食無芻。天寒毛落如蹇驢。伯樂顧之但垂淚。吁嗟誰使爾爲駑。何不易爾筋骨更齧蹄。秫有黃粱芻有箕。天子鼓車不用千里駕。仰首哀鳴當告誰。

（21）橫江詞〔註 166〕

江鳴牛渚磯。浪打三山曲。何處最傷心。春水平帆綠。平帆遠落生暮霞。東風自吹桃李花。思君不見望江閣。夜夜江潮向妾家。

2. 述感

（1）登州行〔註 167〕

登州城上鴉亂栖。登州城中虎交蹄。海月靜泣萬鬼室。石龜不語聞冤啼。遼東小將齒嚼血。見胡骨寒工內醢。白紗黃衣擬府主。霜戈不知人膏熱。赤風遙走腥入天。銀鎗夜燄弓鳴弦。海東已絕安巢燕。

〔註 165〕文本亦收錄於「陳立校本」，卷四，頁 72。

〔註 166〕文本亦收錄於「陳立校本」，卷一，頁 6。

〔註 167〕文本亦收錄於「壬申合稿」，卷之九，頁 654。「見胡骨寒工內醢」作「見虜骨寒工內醢」；「近聞江南賦歛急」作「近聞江南賦歛急」。

黃睡飛芻不得便。臙脂岡下日腳紫。田橫山前飽烏鳶。天子防胡凌海水。專賜棨節鎮牟子。誰知犬羊不在外。攙搶枉矢流於此。此輩豈必皆驍雄。乞活饑民被驅使。近聞江南賦歛悬。一禾安得生萬米。反者不徵此倍輸。老農眼血對眠耡。

（2）收登行

黃旗飛書馬塵紅。官軍大報登州功。諸將功名起海上。天子斥叱平山東。已聞靈夔囘凱士。復傳飛舸凌波中。天聲遙厲震絕島。孤鯨勢與凡魚同。憶昔叛兒稱健士。一朝蹀血爲封豕。倒挽天弧射四方。衣冠組練縱橫矢。謀者紛紜助賊張。親傳鴉聲獻天子。區區小物何足云。彷彿有與淮蔡似。至尊大怒神武驤。遂移猛士來邊方。歐刀檻車付敗將。篝旗雷鼓何煌煌。既奔長蛇萊城下。仍圍困獸牟子旁。鷙車突梯城上舞。豐隆吐火雲中翔。窮寇不飛若檻羊。殺人朝餐羅笙簧。美人帳下無顏色。健兒戰矢爲糜漿。三軍百道駕衝櫓。海霧盤盤走狐兔。咫尺如聞滄溟寬。豈知失勢如焦斧。齊王越相俱英雄。矢士如林已可睹。遼東大將麾霜戈。樓船如雲驚天吳。滄海未聞失逋賊。雖有魚腹難逃誅。軍中豈有楊復恭。金貂繡仗何紛拏。曉聞朱鷺心惻惻。東海小臣夜太息。古來何物難驅除。不在山南與河北。

（3）夜中發憤而作

馬援欲騎欵段馬。衛青乃爲平頭奴。范蠡穴中作犬吠。審戚牛下聲嗚嗚。丈夫之遇終若此。天下得有英雄無。中夜獨起望霄漢。北風其凉烏夜呼。胸中戚戚有所懷。攬視作者皆吾徒。龍吟虎嘆困在野。志欲雲驤身不俱。東海風波不可釣。南山蒺藜賫我塗。繞床夜走何爲乎。披髮長吟擊唾壺。仙人黃鶴雲中去。笑我壯志徒區區。

（4）丙子除夕有懷臥子

去年今夕飲何處。陳生堂前高火樹。語深不覺桐梧寒。酒闌起見春星露。今年獨酌何蕭然。江湖沉伏心可憐。送君不得更惆悵。遙吟長嘆東南天。春風欲動尋常事。却使男兒無意氣。歡樂轉思往日多。飛揚不見新年異。慷慨日爲徒步人。布衣難望長安塵。朱樓鍾鼓暮還

見。白馬風烟朝又新。天下事非十八九。聖王臨春更叵首。未聞黃閣但杜門。復有神羊不開口。流年翻擲付干戈。豈惟我輩傷蹉跎。傳柑恥作兒女事。擊筑還應烈士歌。少年羯鼓今不憚。復看梅花舒小白。壯氣還憑知已生。鶯聲明日洛陽陌。

（5）醉月灘懷李白

漸江之水流日夜。素車白馬錢塘下。我來新都飲練谿。十日西干水空大。雲雷奔起碎月灘。子規五月啼風寒。溪花錦石浩無主。江上月出青楓間。霞散城陽隅。鍾鳴興唐寺。我家太白高陽徒。手縮長風芙清泌。逸氣常聯青冥中。山高水深異人至。自從烟駕歸潯陽。崩沙濕霧何茫茫。披髮狂歌亦何有。大隄楊柳隨風長。宣平養眞不可問。今日雲孫來我傍。夜泛彩鷁破澄碧。濯足倒景疑瀟湘。中椒搖影古殿赤。石竹細路吹幽香。我行到此步局促。丹丘老翁神不揚。身騎神驥安所適。腰間寶块誰爲光。沙礫猶與人際會。丈夫心事多傍徨。蛟龍潛宅深水府。魚鱉嗜喋浮漁梁。風吟雨號安得辨。但聞流水聲琅琅。太白居我前。我生太白後。蟠根萬古稱同調。勝地同游亦良遘。將登天都望匡廬。烟海濛濛凉清晝。朝躡雲中搜白猿。暮援蒼藤門星宿。白兮白兮與我俱。茅龍羽節來徐徐。

（6）無聊作

丈夫七尺何容容。高秋不挽雙角弓。有時獨獵南山下。身射猛虎當凉風。歸來飲酒撞巨鐘。美人顏色香芙蓉。堂中朱履三千客。內院紅樓十二重。長城之下戰不殳。來朝天子期光宮。廄中敕賜大宛馬。雲繞鼓吹聲隆隆。手持侯印置殿中。青裾更拜東王公。一身合與浮雲會。何用讀書秋樹紅。

（7）孤興

銅龍不煖奇冰折。夜半烏啼迎曉月。寶帳遙憐羅袖人。金鈿小落寒雲髮。鶴怨鸞愁清漏長。明鐙微影照流黃。桃花淚滿茱萸匣。化作紅霜覆女墙。

江皋落日愁雲紅。啾啾野雀鳴倉空。可憐吳鉤老壯士。非無豹袖

揚西風。五湖寒水平如穀。路旁悠悠蘭草綠。憑將錦瑟耗雄心。朝飲
城南暮城北。

（8）鳳頭行

甲戌冬。有炫鳳頭於市者。云是萬曆八年。回回胡人入貢。頭高
三尺。冠高一尺。承以金盤。光耀震動。索萬錢之賞。然後獻於闕下。
當是時。顯皇初政。愛惜經費。不喜祥瑞事。遂卻其貢。而此物流於
民間。至今存骨具耳。自吭以下都截去。喙長五寸餘。殷紅有異。冠
腐至寸。用漆堅之。索圖按狀。洵是鳳也。嗟乎。可謂物之不遇者矣。
作〈鳳頭行〉。

玄冬青霜麗白日。曉行填咽路促膝。云有西域波斯人。手持鳳頭
不肯用。卻擲數百青銅錢。與人一觀皆太息。長喙殷深瑪瑙紅。雄冠
凋蝕荔枝赤。雖不飛鳴事已奇。羽毛既謝存風格。觀罷胡人慷慨陳。
此物本是回回入。神皇端拱垂八年。蠻夷貢獻皆重譯。三十八人承金
盤。盤彩煛耀鳳頭立。章武門前日色高。奇毛亂錦紛相射。中使將移
頼玉盤。詞臣欲染琉璃筆。小國从鳥朝至尊。天雞鷄爵皆辟易。嗚呼
神物不遇時。天子不盼同山翬。亦有金味誇紗飾。曾無青鳥揚旌旗。
至今存落五十載。不勞光彩紛相帶。流示荽齊吳越人。赤霄之物隨風
塵。牽衣看之最易得。豈憶百鳥稱群臣。此言感嘆良有由。願將千金
買鳳頭。祭以琅玕獻明主。承之玉匣陪天球。燕昭市骨駿馬至。當聞
赤鳳聲啾啾。

（9）苑馬行

君不見汧隴以東草暗天。二十四監連雲烟。其中善馬數萬匹。高
蹄碧野秋風年。邇來歲脩金幣事。益招健馬資雄邊。中原茗薄蘭葉紫。
胡駒尾鬣桃花鮮。此物頗留明主意。紫鞚連錢照官字。越駱銅形獻至
尊。河西雲錦馳中使。如聞天子東擊胡。猛氣沙場動良駟。而今西北
自反兵。秦關楚塞何縱橫。小隊常驅赤城苑。驊騮氣盡隨賊行。騎向
關東厭菽粟。黃金壓背錦纏腹。金絡猶懸官響頭。五花文烙明前足。
豈不專思象養恩。臨鞭四顧多局促。此馬悲鳴更可哀。日夜睇望官軍

來。再騁逸足報明主。然後仰首稱龍媒。

（10）廢苑行〔註168〕

君不見野荒徑仄廢苑古。落石空亭怨秋雨。鳥呼時有涼風吹。月白獨見鼺鼯舞。獱獺趁魚黃日下。禿鶖亂入鴛鴦伍。鹿肉金牌供獵人。刻毛馴兎脯胡賈。別有幽房湲鎖門。鐵花重繡穿藤根。彷彿猶聞蘭麝氣。綵帬蝶出相翩翩。珊瑚鈎折蛉翼斷。捍撥筢笆銀跡燦。冷粉生塵蟲網森。枯桐落露空清旦。子規暮喚涼殿側。白狐戴髑望星漢。昔時歌舞亦有神。高臺月出聞夜嘆。美人堦下語園花。翠獨青螢露中散。憶昔繁盛稱莫當。朱閣繡戶雲滿梁。鑿池欲擬漢太液。築堂莫數魯靈光。麟鬣之簾映珠網。鯨目之光照曲房。青鳥啄珠拂舞後。草木厭聞迭迷香。竹枝灑鹽羊不徃。王顏懊惱紛忙忙。題詩素壁墨痕蝕。至今藻綉青與黃。飛螢滿天落秋浦。玉砌彫甍愧黃土。栢梁基上無遺芳。銅爵臺前碧瓦腐。玄髩濃釀且娛賓。狐鼠漁樵他日主。

──文本摘自清・李雯撰，四庫禁燬書叢刊編纂委員會：《蓼齋集四十七卷・後集五卷》（北京：北京出版社，1997年6月，《四庫禁燬書叢刊》清順治十四年石維崑刻本），第111冊，集部，頁338～346。

《蓼齋集・卷十六・七言古風（二）》

1. 述感二

（1）湖冰行

今冬武林。氣候殊暖。梅柳皆欲舒放。乃十二月望前三日。寒勢大作。雪微覆山。北風猛厲。吹波成冰。厚二尺許。大小遊行其上。六日不解。土人以爲三十年以來未有也。作〈湖冰行〉。

─────────────

〔註168〕文本亦收錄於「壬申合稿」，卷之八，頁650。「別有幽房湲鎖門」作「別有幽房深鎖門」；「鐵花重繡穿藤根」作「鐵花重繡穿藤根」；「高臺月出聞夜嘆」作「高臺月出聞夜嘆」；「銅爵臺前碧瓦腐」作「銅爵臺前碧瓦腐」；「玄髩濃釀且娛賓」作「玄髩濃釀且娛賓」。

　　西湖季冬柳欲芽。今年擬看來年花。自謂凍冽已不作。忽然西風捲白沙。雪旣微下霰已集。天吳吹波湖水立。霜墮如加水玉紋。月來不覺冰輪濕。舟子漁人徒嘆噓。仗黎躡屩行相趨。夜寒已知魚龍困。朝飢但聽鵜鶘呼。湖上老人習湖事。不見此冰更三紀。云道明年麥米豐。雖復苦寒猶可耳。

（2）傷溺行

　　丙子冬季甚寒。河冰大作。申江逆流。迎凌截舟。溺者六十餘人。李子聞而悲之。作〈傷溺行〉。

　　今多季冬嚴朔風。層冰稜稜波濤中。大如巨筏截若斧。江河之客愁相逢。申江舟子駕輕櫓。乘潮西上當巨鋒。劃然如紙最易入。六十三人隨蛟宮。嗚呼水波能殺人。跨鯉乘龜詎有神。公無渡河聲甚苦。白日慘慘寒江濆。

（3）雨血行

　　丙子季冬。我郡西南二郊。行人早起。見地上洒洒殷紅如血。起自跨塘。沒于浦口。長五六里。李子聞而憂之。作此詩。

　　吾鄉本是滄海濱。有粟有布衣食人。邇來徵求苦太急。雖復豐年民已貧。人事如此天若爲。早看地上如血絲。趙家雨肉不足紀。漢氏赤風今更奇。自從流人如蝟起。中原日有萬人死。豈是陰風吹血腥。飄飄遠越江湖水。不然此物何爲來。願聞長吏賢且才。宋景善言彗退舍。莫令鬼母霜中哀。

（4）邊風行〔註169〕

　　胡雲欲斷黃沙吹。邊風獵獵嚴鼓鼙。龍堆之下寒日瘦。四山夜紫霜下旗。將軍昔在凌河戰。今日凌城積水霽。白骨有我同袍人。化作飛塵來拂面。胡兒錦衣蒙茸裘。漢兒單甲鉄兆鏊。自言委棄沙塲裏。朔風何不吹髦頭。

〔註169〕文本亦收錄於「壬申合稿」，卷之九，頁 657。「將軍昔在凌河戰」作「將軍骨在凌河戰」。

（5）湖上曉寒歌

寒山凝凝若玉立。曉風初侵湖上客。雁翅帶霜負日黃。湖凌逼岸青品白。積翠峨峨合散霞。別峯層岫嶙峋出。水藻澄波色不動。林宮寶殿聲遙及。此時湖上無纖塵。畫橋繡閣寒沉沉。鶺鴒初啄藕根凍。百舌偷語梅花新。南山蘭苗不待春。香珮迢迢疑有人。願言波際嬋娟子。冰雪爲姿乘錦鱗。

（6）遲暮行〔註170〕

白日白日且安撫。吾語若東隣有好女。三年不嫁。顏色盡如土。南山昔日龍馬駒。農夫傳之與牛伍。鬣焦齒平骨歸沙。田伯樂泣之涕如雨。珊瑚乃樹大海中。鐵網不來朱光腐。人生不若貢禹桂。千秋萬歲立空山。金鵞飛飛來復逝。

（7）歲晏行

歲云暮矣多離憂。三江五湖無行舟。青霜凍折海馬骨。夜寒思我盧鳧裘。去年賊在大江北。金陵城頭鼓不休。今年賊在郾襄間。官軍不動如山丘。頗聞開城坐官府。殺人父子不得讐。朝廷備邊不備賊。賊勢欲動無春秋。江淮間人如波濤。中使不合東海頭。邇聞廣陵欲罷市。市上兒女啼啾啾。金錢雖多國不利。漢武富民封列矦。此曲何時告天子。賤儒不惜隨犁牛。

（8）女教塲歌

宋家中葉愁冠氛。南轅北狩何紛紛。朝元不向東京路。臨安更養殿前軍。芙蓉闕對錢塘水。鳳凰嶺上朝天子。別有宮中閱武臺。嵯峨巨石排牙起。聞道宮人競挽弓。射飛每落南歸鴻。繡旗欲捲浪花白。楊柳風吹靺鞈紅。豈是兵法傳孫武。或有驕奢學季龍。此事沉淪不可問。張韓劉岳多英雄。當時已收大將權。天子之守豈深宮。深宮女騎那可見。瑟瑟明珠垂組練。臺下香塵繡紫苔。至今人拾狼牙箭。嗚呼宋事不足論。孝宗挽強還閉門。汴京陵闕鴻溝外。傷心千載臨安春。

〔註170〕文本亦收錄於「壬申合稿」，卷之九，頁 656。「南山昔日龍馬駒」
　　　　作「南山瞀昔日龍馬駒」。

（9）日食行〔丁丑元旦〕

曩歲元日日食卯。今歲元日日食未。三微見謫我又逢。二曜一年
四虧蔽。鳴金伐鼓驅官曹。彎弓仰向愁雲高。金盤黯黯半規闕。赤烏
有翼安能逃。誰謂日月本一氣。相逼稜稜何造次。遂侵黃道勢已成。
獨近太陽不得議。陰陰黑壞誠蒙茸。天子朝元還閉宮。意盛不愁蒼精
怒。專行豈仗雲霧功。鄉里兒童競趨走。叫呼白日不離口。閶闔迢迢
聲不聞。食日者誰天知否。神物有盛亦有衰。多行無檀人惡之。羿持
朱弓落九日。況茲氛祲乘陽微。我思鄧林夸父杖。復探東海扶桑枝。
直走咸池更拂拭。長懸萬古流清暉。

（10）悲東島

東島之跡。始于毛帥。二十餘年。糜費千萬。養叛蓄亂。遂成屬
階。及丁丑之亂。孔軍至而島帥降焉。昔以控敵。今以費盜。作〈悲
東島〉。

金錢千萬填海水。登州島上旌門啓。十年大帥屢變更。遼東叛人
踏堞子。一揮似有風雲氣。仍豎□旗照青鄙。島上健兒何足多。翩翩
更作陵波意。

（11）悲英霍

江淮之賊。巢于英霍間。長令其寄焉耳。百姓則衣食于賊。惟恐
賊之去也。嗟此方之民。乃若異域哉。作〈悲英霍〉。

賊去乃居英霍山。賊來乃住英霍城。官民長吏盡相狎。倚賊為利
讐官兵。官兵逐賊當此土。捷書已上蓮花幕。誰知一夜血滿川。江頭
雨哭非人語。

（12）水運行〔述運弁之苦也唐王建有作李子述之〕

江河填填叩大鼓。銜尾舳艫連水府。一朝齊向東南來。百萬旗軍
同哮虎。就中官長開大蠹。頓足張牙勢旁午。一言不合遂鬮爭。積年
以來成讐怒。人言此物何太強。客驕主弱不可當。豈知時法久已弊。
不獨民爾軍亦傷。自從黃河決駱馬。懸岸激溜如探湯。一舟用盡千夫
力。欲上不上魂飛揚。即出新隄履平易。牆如芒樏束相制。水衡官吏

張大袖。不得朱提舟不逝。況復長途千里中。傃車過淺凡三四。揚州
蒲鍛不當錢。升斗紛紛作人事。太倉既列司農卿。監收又用中常侍。
官長愈多事愈煩。鼠雀張頤求意氣。簸糠及米頹若山。白粒焦牙沙水
間。此等豈知飛輓力。一斛折粟千銅錢。正額屢虧綱卒竄。收縛武吏
無愚賢。以椎擊椎椎入深。勢重相激誰不然。心悲此事不可道。太息
中原盡荒草。高皇本用屯田軍。邊城列繡豐秔稻。二百年來事日變。
屯荒漕苦空寓縣。鞭驅盡用浮浪人。一朝中道虞奔散。朝廷既無洛日
倉。京城萬里看餘艎。盜賊滿山又可懼。員官一線何能長。願聞天子
更大計。急復耕屯佐邊士。耰鋤畢出兵甲銷。軍民富樂長滔滔。

（13）汴梁行

大梁古道高睥睨。昔時畏賊今畏水。百丈黃河天際來。魚鼈紛紜
亂旌旆。中原開府心慨慷。夷門大道羅舟航。梁王絲管竟不作。紫裘
翠帽隨輕裝。白龍魚服去河北。故宮泥淹青雲屋。守臣荷戟愁空城。
十萬流尸悲獨漉。刁斗無聲銀浪深。繩橋夜度陰燐哭。中州賊將青馬
駒。指揮河伯稽天誅。蛟龍有時怒狂悖。黃旗捲折城南隅。河北諸軍
擁麾葢。直視河流莽奔駭。他年請塞黃金堤。何時更斬白波帥。

（14）雪冤行懷仲弟在長安

長安自日懸滄海。吾父荷戈十三載。阿兄陳冤事不成。阿弟悲啼
復請行。赤沙五月燕齊趙。足踏疾藜詣帝京。帝京盤盤萬紫雲。聖人
垂拱咨公卿。頭如飛蓬履無襪。叩閽大叫金雞鳴。金雞鳴。沉冤白。
聖德如天千萬年。宰相期頤與天格。阿翁初金頭上冠。阿兄伏地無顏
色。阿弟日上燕昭臺。望兄不來長太息。嗚呼。爾爲緹縈事可歸。余
老伏虔願更違。讀書不曾學鴻寶。何用白璧投空扉。弟當策蹇辭皇畿。
濁醪已熟黃雀肥。

（15）吁嗟篇〔註171〕

吁嗟黍七尺。自顧無行伍。入淵不伐蛟。登山不縛虎。朝聽城頭

〔註171〕文本亦收錄於「陳立校本」，卷三，頁54。

角。暮聽城頭鼓。城頭鼓角催少年。神武門前羅進賢。自言今日朝天
去。不識塵中老伏虔。

2. 贈答

（1）大樹行贈張子美

南山蒼龍飛不去。養在君家碧窗裏。日暮鳴聲風雨來。高枝攪雲
雲爲止。磐石作根銀吐花。白日冥冥啼烏鵶。滿堂空翠拂衣袖。下有
青兒上靈蛇。祝融回鞭不敢住。直上赤霄叫青女。庭中豈有猿狄呼。
月明鸞鵠來歌舞。崩騰躔跱勢莫當。冥靈之北東扶桑。衣雲吸日三百
年。中有精麗包文章。雷霆繞枝視浤浤。拔劍磨根聲琅琅。少年脫頂
坐兩旁。口吟不言心蒼茫。

（2）送顧偉南應試金陵

江南烟日何清離。中有美人乘霞姿。神鋒閒麗靜不羈。天藻鬱
來安可思。淡淡新暉練秀岐。脫落下迹無微卑。玉螭文虬手所持。
瓊音朗激摩青維。天有白鳳口吐之。千霞鱗鱗電旭禧。雲輪徐擊乘
素威。將翶將翔情中怡。青楓玉露江上遲。緩持蘭橶湖之湄。芙蓉
隱約傾芳池。上有鷺鷥鸂鶒飛。眇然清盼當爲誰。銀河欲動光參差。
鸞軒鵠舉飛黃馳。河宗告寶圖已披。蛟龍捧匣雲垂垂。金風欲下吹
華旗。

（3）樅楊歌贈方密之

吳天淡淡雲茫茫。今我不樂思樅傷。樅楊美人佩昭華。影弄日月
摩青蒼。以芝爲室蘭爲房。鸂雛青鳥日在旁。腕動非無鬼神入。筆來
勢與秋雲長。七言五言皆健麗。始陋束帛披龍光。崇牙業業翠羽張。
鐘鐘伐鼓東西廂。朝吟白雪暮淥水。神動萬里高驤翔。懷韻南巡漢武
皇。翠旗偃蹇雲濤驤。并蛟蛟獲龍走藏。英風散入吳楚際。鬱生才士
今未央。鬱生才士今未央。何不登之白玉堂。

（4）篆籀歌贈俞伯荷

秦皇玉璽走絕域。李斯丞相今不作。漢家石經亦已蕪。中郎古文

天下無。蟲書鳥跡竟誰辨。蒼頡已死人心愚。近古海內好圖記。騷客
高人競雕刺。前有孟頫復文彭。雪漁往往稱奇秘。邇來學步相紛訛。
頑刀屓石何其多。誰追數子真絕倒。今之作者俞伯荷。篆兼大小及八
分。金鈎玉箸森嵯峨。錯刀變幻石鼓字。許慎崔瑗生蘭波。顨如老吏
據案牘。傑如壯士揮銀戈。皎如星霞麗河漢。綏如秋風振垂禾。人才
雅樸白髮皤。腹若匏瓠手可摩。相逢索我篆籀歌。袖無龍蛇余則那。
他年學作登封頌。泰山頂石爲爾磨。

（5）酬贈王玄度尊素

王郎讀書如俊鶻。一掃林莽無留行。家傳名山世所識。神鋒磊落
冠羣英。相逢把臂亦不久。忽來贈我雙文瓊。玄蝯赤豹氣何壯。朝吟
夕頌心縱行。聞君少年不得意。家徒四壁書百城。胸中常有不平事。
拔劍夜起星辰橫。男兒見虎必須射。況逢佳士使眼明。君腐霜毫守蓬
室。我背赤日求容成。千里相期不草草。浮雲浩蕩非我情。

（6）余杜門半歲矣臥子雨中相過一復接手作詩感慨賦此酬之

北風吹雨天上來。荒庭日日愁多雷。潦倒故人闊相問。蓬門喜爲
陳生開。芙蓉斷絕柳絲短。迷雲漾潾棲蒿萊。樓前徒有一尺水。其中
不復產龍子。鳴皋老鶴今離羣。無復飛揚思萬里。君觀草堂竟如何。
向來哀嘆胸中多。中原相避何爲者。雕蟲小技空婆娑。藍田山下李都
尉。廣武城中陳伏波。英鼠不與白髮盡。霸才歷落如江河。拂衣爲高
事不得。側身懷古當悲歌。君言昂藏有意氣。手無風雲但垂淚。少游
之馬誰當騎。元長椎壁非高計。丈夫有弱會有強。時來虎步兼龍驤。
只今隱忍螻蟻側。雄才大畧無輕擲。

（7）贈華山劉鍊師

華山道士劉朝萊。手持玉軸披蒼苔。自言乞製五千字。銀鈎勒石
驅風雷。袖間墨跡亦無數。錦囊不爲凡人開。身遊五都交上公。華言相
動江南來。秦川形勢手能畫。黃圖宮闕悲荒臺。彷彿關河雜鋒鏑。豺狼
在野心可猜。公家茂陵安在哉。當年頗是神仙才。集靈宮下秋草碧。叔

卿白鹿雲中囘。雖然王碗更辭世。子孫好道猶迢遞。更數金繩玉檢篇。
就中往往稱劉氏。紫閣朱庭事已多。我祖西昇又堪記。靈文已授玄都壇。
盤根飄落滄洲潚。露浴菖蒲仙掌明。日隱車箱北風厲。觀君容貌神沖夷。
玄多高賦還山詩。他年拂衣遂欲尙。看騎猛虎耕餘芝。

（8）贈勾章葉生

余少從家公。長于勾章。今來一十餘年矣。花鄉葉生。來訂盟好。
觀其人文。有懷舊遊。賦詩酬別。情見乎詞。

憶余少長越谿東。高槐拂面秋桂紅。官舍隔垣見麇鹿。時時猛虎
吟涼風。操丸探雀最無賴。鑿衣洗鶴誇神工。夫子訟庭日閑豫。搜揚
文苑羅奇雄。南金竹箭久所識。跡未盡交心可通。自從結髮歸吳下。
十年溝〔註172〕落無聲價。馮子春華把卷長。〔名京第余少喜其文〕王生秋實
隨風謝。〔名廣綟與余同學而夭死〕縞帶猶存襟袖間。山河遠落清霜夜。我子
何爲寒渡江。投人明月珊瑚光。比方楊董闕德潤。高談會稽虞仲翔。
相逢更憶十年事。故交零落心茫茫。天下多事困在野。首望日月鬚眉
蒼。公卿賢達今數誰。批鱗折角馮與姜。荒穢之後生嘉禾。後來傑出
應無方。吳越一家事難論。其間賢者相周詳。一朝相過問我翁。道頗
健飯雯在旁。

（9）代父贈陽羨令石君

石侯稜稜天廟骨。意氣千人萬人出。手援青萍盤錯多。裁成美
錦荊棘失。自從陽羨多貴人。平頭奴子聲斷斷。一朝憤發賣榮傭。
揭竿大嘯驅風塵。明詔移疢變方作。大賢之後多奇畧。單騎會見潢
池人。白梧不爲椎埋弱。不動聲色事已平。五湖烟水清如昨。而翁
太僕余所交。屹如岳立風蕭蕭。清爽如生夢中見。名駒顧盼風雲高。
如君磊落勢不格。曄如扶桑照初日。乃祖旌斾又堪繼。楚材輪囷當
風直。時危始出濟世才。政成佳頌如風雷。天子長城賴公等。老夫
頭白何有哉。

〔註172〕原文爲異體字。

（10）結交行代家君贈王郎中守履〔王曾首劾彪虎又救家君被杖〕

結交須賢不須多。愛君岳立清峨峨。曾向九閽擊猛虎。滌除腥穢傾天河。咫尺龍顏竟不避。金吾將軍殿上呵。免冠更被深文及。密霧猶陰日初出。上林一枝不久棲。水衡劇職旋行入。一官小草自相親。與爾同爲慷慨音。祖生不許越石臥。張猛深知劉向心。氣高封事排人削。短翮不煩長弓落。爲彈魑魅喜射人。不意雷霆向身薄。蘭摧惠嘆我豈堪。李代桃僵爲君作。自從別君西掖門。故人高臥臨橫汾。丈夫奇節爾已樹。天下蒼生余不聞。空山逐客深棲放。六年捕魚滄海上。有時更讀廻天疏。使我沾巾向西望。高視中原又可愁。开管春風回白頭。如公未是無心者。幾歲曾爲廣武遊。

（11）觀射歌贈楊龍友先生

江南草長旭日東。野霧未捲旌旗紅。材官猛士競馳突。先生手持三石弓。頎然不矜復不聳。氣平神淡沖夷中。百矢連發如有踪。必穿楊葉非神工。先生少年鄙章句。寶較銀鞍光照路。讀書射獵無不爲。夜郎以西自獨步。弱冠上策不見收。輕車寶馬來東游。長安柳市稱上客。燕市狗屠亦獻酬。十年移家長干下。賦辭逸豔當西洲。雉場文翟手曾射。飲酒脫落彈吳鉤。才大不能與時會。俯首青氈望蕭艾。不耻先生苜蓿盤。且束人間摛落帶。雖然壯士多好奇。一經獨擁羞人師。帳中常蓄猿臂客。講罷或歌猛虎詞。高門子弟大羽箭。強弓小的誇組練。功名豈必銳頭兒。肯使毛錐避長劍。況聞更有兩兒郎。左射右射勢莫當。日誦萬言豈是忙。矢道同的必疊雙。安得此手更着賊。中原蛇豕俱摧藏。天下風雲無不有。丈夫壯業看在手。盧植曾爲儒者師。耿弇明經未淹久。一朝統領大將懂。置身並在麒麟間。越公兒郎何足數。虎頭燕額非徒然。

——文本摘自清・李雯撰，四庫禁燬書叢刊編纂委員會：《蓼齋集四十七卷・後集五卷》（北京：北京出版社，1997 年 6 月，《四庫禁燬書叢刊》清順治十四年石維崑刻本），第 111 冊，集部，頁 347～354。

《蓼齋集・卷十七・七言古風（三）》

1. 贈答二

（1）訓方密之

浮雲淡天江水碧。金陵城頭月初白。蹇驢豈逐長安塵。傾心故人勞翰墨。君言歷落何悲奇。去國登樓有所思。仲宣自是傷心者。公瑾寧同遊俠兒。況復家聲冠當世。廷尉門前尙車騎。王氏青緗于所傳。石家馬尾不足記。來逞吳關楚塞間。必逢國士相周旋。班荊頗論天下事。高皇陵闕鬱蒼然。男兒致身何所藉。毛錐欲禿無聲價。今日功名未可知。會當飮酒復騎射。

（2）贈方仁植先生密之尊人

遼〔註173〕海沈沈動兵氣。二十年來東失地。天下無人薦臥龍。先生久望濤山翠。胸藏寶劍七星文。筆下皇圖九州記。邊城萬里如流泉。論兵更悉百年事。慷慨風塵心最雄。開懷折節莫與同。四海皆知鄭公業。時事應推皇甫嵩。黃金盡散安反仄。去年功在樅陽中。恩深更被桑梓怒。黇然屈跡身如龍。此雖尺水見神物。何況健翼陵長風。自從避地白門下。鹿車似是悠悠者。子弟能通黃石書。堂中不養少遊馬。每逢國論一嘅嘆。造膝蓬門身不難。聞道邊庭思頗牧。不免蒼生起謝安。

（3）贈金陵何節軒

先生昔佩雙吳鈎。壯氣欲截□于頭。輸家養士成部曲。既爲卜式兼田疇。功雖未成志已見。義起遠服東諸矦。顯皇龍髯不可留。邊事日非東南愁。胸有奇謀何所用。擊劍悲歌孫楚樓。丈夫不遇有如此。拓落江潭千萬里。坐客常逢劇孟徒。中情更尙魯連子。劍術猶存天地間。布衣自有同心士。氣如山岳雄且堅。大計略陳神炯然。心知握奇口不道。星明甘石恒問天。邇來頗聞更避世。參差學種南山田。南山可耕亦可蕪。中原有賊北有胡。知公久作磻谿客。天子傾心問釣屠。

〔註173〕原文爲異體字。以下皆是。

（4）與沈彥深醉飲禪樓

朔風浩浩吹嚴聲。白日在地光不平。與君磊落論胸素。斗酒非薄只細傾。君言狂態不易發。一朝邁蕩爲我生。酒酣起作鵾鵝舞。意至欲效參軍行。狎客鷗弦滿清聽。佳人徵眄情縱橫。城頭擊鼓鳥夜鳴。令我耳熱心膽輕。起視四野清泓泓。縈烟匝樹不可盈。攬君之懷聽君歌。青楓落葉霜已明。君從欐下悲老驥。我思雲中埽欃槍。丈夫相對自如此。古人往往聞其名。

（5）贈張幼青

張生四十何不遇。猶守孤山領煙霧。朝著虞飜夢裏書。暮爲康樂山居賦。錢塘秋色正沈沈。湖外丹楓夾岸深。門前不少琅玕竹。堂上先聞綠綺琴。吾來慕君飲君酒。孤山艸堂坐良久。水碧飛姿欲入衣。青山薄暮堪囘首。囘首金樽亦不辭。吳雲越嶠相參差。傷心何處無蘭社。況復西陵風雨時。

（6）贈孫際雲先生

先生結髮事戎旅。論功始折西南夷。夜郎酋長曾面縛。毒霧蠻溪心不辭。得氣便誇紫騮好。遂歷窮邊戰秋艸。鳴角朝連驃騎營。麋冰夜襲單于道。獨復名城勳莫論。黃金不賞囚轅門。汗督功成翻被縛。李廣無祿身獨存。貝錦傷心古來有。還家更釣剡溪口。大樹功名沒艸間。藍田產業傾牛酒。留得牀頭尺素書。心存太乙觀陰符。錢塘明月歌鐘起。窮巷秋風鳥雀疎。逢君差膽爲君盡。江湖零落相親近。時事風雲猶可爲。臥龍躍馬何須問。

（7）贈止祥

山陰祁子生昂藏。螺砢多節松風長。能持翰墨恣戲謔。披烟曳霧如龍驤。新詩最愛王摩詰。作字欲過米襄陽。腕下風生稱三絕。胸中清異知無雙。君家錢塘東。門前鑑湖水。禹穴猶傳太史名。蘭亭修竹臨風倚。是非平生與此流。那能下筆無泥滓。若耶谿。梅福市。一朝尺幅生畫圖。坐我秋山濃黛裏。君不見越王會稽霸業成。少伯扁舟乘

月明。山川可貌英雄盡。悵望高天寒翠屏

（8）北山艸堂歌為徐孟巆作

北山艸堂臨茗谿。白石粼粼花欲迷。天目舊水下千尺。門前綠竹
瑯玕齊。中藏高士雲蒙茸。徐有三巆稱長公。谷口清眞依隱豹。名山
學業垂雕龍。顏家文筆傳士遜。阮氏風流復仲容。一門父子及兄弟。
瀟灑風雲見胸次。玉樹樓中明月涼。濯纓亭上春泉細。公之意氣陵長
霄。六年不厭巫山高。今多遺我蜀道作。咫尺萬里生雲濤。況茲艸堂
亦何有。滄洲寄跡茗溪口。七尺輕綸釣錦鱗。還問漁翁欲賣否。

（9）贈繆孝廉湘芷

少年欲覽天下事。自昔相逢無此流。繆生修爽見天骨。歷落胸懷
當素秋。袖中明月臨人映。座裏山河望欲投。觀君已是天廟器。丰神
朗朗青雲際。杜家武庫不足張。謝玄履屐無乖刺。攜手秋原楓樹林。
聞君議論知君心。豺狼在野徒涕淚。蜚鴻滿目隨風塵。仲冬寒日朔風
厲。馬首燕山多意氣。東海潛夫我著書。洛陽才子君論事。天子方思
濟世才。明春別埽黃金埒。立談會可致卿相。我輩亦當辭艸萊。

（10）贈王子瑜子樹兄弟北上兼寄祁止祥

會稽名賢亦無數。王氏清清見毛羽。阿兄玉立張神鋒。阿弟雲柯
朗天宇。少年俊逸眞莫當。並馳萬里浮雲驄。人間不得分琬琰。天上
應聞雙乘黃。南金東幸世朝貢。一朝貢之白玉堂。單車不數衛叔寶。
二茲能驚張范陽。西湖季冬雪不作。青山鶯動開躑躅。隴西李生高適
徒。送君自嘆久零落。祁矦達者精神疎。今歲贈我秋山圖。為予寄語
燕都市。聖主求賢好上書。

（11）贈徐蘭生兼祖其北上

男兒三十無功名。折翅蒙頭湖上行。道逢徐生把我袖。新詩一卷
酒數傾。思經江鮑更清紗。散入西崑體最能。聞君早作擁錦被。使我
夜誦煩青燈。邇來風人海內少。江左方陳我同調。琉璃硯匣贈何人。
翡翠筆牀君復要。予獨何為神茫茫。拂衣長嘆臨四荒。壯夫勉作雕蟲

技。躍馬雄心空自長。且復莫言天下事。辭賦登堂得吾子。可惜公車馬首高。身無羽翼隨燕市。季冬氣暖風微和。錢塘梅花如雪柯。送君客裏奚囊破。相望明春白玉珂。

（12）贈吳石渠年伯〔時為兩浙轉運分司〕

瓊山遠望秋雲高。赤霄鸞鳳奇羽毛。吳侯神爽竟若此。一官寄跡如馬曹。雖然祿位久淹泊。弱冠策名動雲閣。畫省郎官筆最工。始安太守麾曾作。直道于今出處非。政成還被時人嗤。曼倩朝隱既不得。思光求丞聊復為。鹽官白鹽白如雪。青烟晨炊暮還結。領簿常親負薪人。解衣更看明湖月。手板何勞朝復朝。開門正對吳山腰。新成樂府烏棲曲。散入青樓碧玉簫。看公豐頤仍大顙。萬里風雲足深仰。周郎識曲破曹公。何須抱甕居塵鞅。

（13）夜飲江皋留宿賦贈主人

主人四十顏如丹。高堂置酒初筵歡。鼓聲坎坎竟不止。頓足起舞愈夜寒。飲如長鯨吸百川。堂中玉樹滿眼前。孟公賓客無車轄。北海金樽紅玉盤。酒闌下榻坐彌久。遠客如歸見情厚。臥我君家百尺樓。不知身在錢塘口。

（14）張卿行

海上張卿。疊石為山。能有根勢。公卿貴人。為園亭者爭致之。今年五十。諸貴人作詩壽之。家君曰：「予不可以獨無。兒子為我操作。」作〈張卿行〉。

海上張卿善丘壑。作使頑石如雲烟。開峽豈須旦靈掌。驅山不用秦皇鞭。能知畫理更絕倒。荒丘數日成林泉。江南貴人強好事。罷官盡買還山田。歌樓舞榭旦夕起。木怨山愁多廢遷。白金文綺交相致。張卿一來雲錦鮮。別有豪門競先得。平頭奴子駕飛鶊。奪得張卿侵夜歸。滿堂開顏浮大白。棠梨館外新月涼。辛夷塢上流雲急。不羨輞川圖裏人。常為金谷園中客。天下亭臺誰不荒。谿花錦石何茫茫。觀君玩世意最得。奔走公卿亦不妨。我家橫山若嶙嶁。開生幸入虎頭手。

今來怪我石壁奇。呀然大笑不開口。五十何妨作少年。楊柳春風桑落酒。世上稱君黃石公。他年或作驅羊叟。

（15）曹生行

同郡曹森陽精射理。以射觀人。恬競深淺。無不知也。會天下多盜。詔諸生習騎射。予將受射法于曹君。曹君曰：「必欲射者。以子詩爲贄。」予負其諾者。半歲所矣。今春晤于轅文齋。責予前言。作〈曹生行〉。

我持三尺弓。腰佩百餘矢。云將決拾應明詔。西郊爲訪森陽子。森陽學射三十年。布衣獨步神黯然。雄心落魄成老大。幾歲惆悵秋風前。舉世但知毛錐貴。雖有穿楊人不傳。彫弓掛壁象彌脫。赤翎零落蛛絲纏。邇來豺虎竟不息。官長文儒皆惻惻。天子方思廣成頌。諸生欲學參連格。南陌春風領少年。一朝故技爲生色。天下射手亦無數。如君注發資精識。太息時無英雄姿。弓矢之間見咆勃。我亦猶然儕輩人。未能穿札徒逡巡。願拾君家一羽箭。小逐南山狐兔塵。

（16）現屾歌贈金申之〔申之齋名現屾〕

現屾道人心絕奇。面長徑尺餐霞姿。自言化身作百藥。藥囊無盡隨人施。五陵年少競執手。賦詩遣意人知否。丞相府中屢拂衣。巫咸山上常囬首。聰明自與凡人殊。雲章錦字臨風舒。昆吾遊刃試金石。秦皇李相心躊躇。此時區區不足道。曾逢羽人向身笑。云是終南太乙精。孺子神清可以教。手持寶訣披雲封。幾歲尋我蒼烟中。心聞要言已十載。至今常望雙飛龍。

（17）園南何生行〔字履方善丹青〕

園南何生行太苦。弱齡療親自割股。縷絲細作魚膾紅。長跪調羹淚如雨。此事行來三十年。何生不語無人傳。偶聞西郊鄰父說。一時贊誦如昔賢。我生何哀入無母。刺血書章天不厚。憐君此事悲入心。太息咨嗟不容口。況君肘下更有神。揮毫染素如烟雲。自致甘肥膳朝夕。還開泉釀奉尊親。一生至行眞無匹。心抱圭璋家四壁。董永應爲圖畫人。王微豈是丹青客。

（18）燕市行贈秦中薛惇五〔註174〕

布衣朝夕燕市中。黃塵一月凡一斗。褰裳下馬初識君。慕君爲人
飲君酒。君言家世本西秦。狂歌浩蕩藍田春。孟公俠節亏自許。班氏
文章不讓人。在昔東□始張翼。乃公制勝多奇策。度遼功業荒艸間。
涕泣陳情搖大筆。須臾至孝通九重。詔書初下明光宮。行聞玄甲暎泉
戶。豈惟石馬悲青松。壯夫荷負應如此。志節由來多嘆美。憐予叩閽
天不聞。閶闔迢迢千萬里。同爲人子不如君。囘首燕南看白雲。春風
歷歷吹宮樹。落日蕭蕭散馬羣。觀君昂首仍大笑。二十年來神絕妙。
白璧何須卞氏愁。青蠅未許虞翻弔。抵掌高談人不知。揚眥氣折長安
兒。人間亦有鴟夷子。莫問荊卿高漸離。

（19）贈陸子敏舉吏部〔註175〕

壯年落魄無行伍。再入長安負黃土。有眼日見尋常人。幸逢陸生
洞心腑。陸生磊落文武材。赤車應詔從東來。博徒劍客相奔問。虬髯
玉面臨風埃。公卿齗齗竟不得。挺懷直作金臺客。龍驤虎步覽八荒。
買臣主父皆辟易。男兒致身自有時。四十專城亦不遲。天下十年苦盜
賊。賢良一日傾京師。況君神理更無對。脫穎囊中見鋒利。當今艸澤
識張綱。乃使朝廷重龔遂。長劍倚天星列陳。羣龍一下四海春。勸君
爲埽麒麟閣。予亦江南徒步人。

（20）寄贈吳駿公太史假滿還朝〔註176〕

軒轅臺高棲鳳凰。奇毛特立天蒼茫。自恨一身無羽翼。不得與之
俱翶翔。翰林主人有吳子。霜骨璘璘映秋水。銀管淋漓九殿明。洪鐘

〔註174〕文本亦收錄於「陳立校本」，卷三，頁 59～60。「狂歌浩蕩藍田春」
　　　　作「狂歌浩蕩藍田春」；「在昔東□始張翼」作「在昔夷始張翼」；
　　　　「行聞玄甲暎泉戶」作「行聞玄甲映泉戶」；「志節由來多嘆美」作
　　　　「志節緣來多嘆美」。

〔註175〕文本亦收錄於「陳立校本」，卷三，頁 60。「予亦江南徒步人」作「余
　　　　亦江南徒步人」。

〔註176〕文本亦收錄於「陳立校本」，卷三，頁 60～61。「此時言語風泠泠」
　　　　作「此時天語風泠泠」；「衙官七子何唐突」作「牙官七子何唐突」；
　　　　「樊侯補袞穆清風」作「仲山補袞穆清風」。

一叩龍顏啓。欲遂萊衣身不能。詔書屢下延西清。銅龍門下雞初曉。天鹿閣中藜欲明。此時言語風泠泠。何異仙人朝玉京。况君風雅更清發。賦詩足以凝皇情。高節微吟神骨驚。此曲乃是洛陽行。會稽李官三歎息。嵩高明月延松聲。一空海內文章伯。衙官七子何唐突。樊侯補衮穆清風。不與諸生同翰墨。雖然鳳凰在天上。鸞斯亦在荊棘中。垂頭鼓翅鳴嘖嘖。自言困苦隨飛蓬。

(21) 大滌山行上黃石齋先生〔註 177〕

大滌山南芳艸秋。風吹薜荔紅泉流。先生講堂在空翠。明星曉映蒼龍湫。中藏寶書石窟幽。武夷仗策凝清眸。裒然述作動天地。山鬼夜叫寒竹愁。九重聖人問金匱。畫閣蓬池儼相對。閶闔門開虎豹疑。玉階雲霧當空墜。洞霄弟子伏青蒲。紫陽真人披素膚。長離折翼九苞在。葳蕤四海浮雲徂。此時艸堂猨鶴呼。石華紫桂山之隅。會稽以南湘江北。結蘭紉蕙心躊躇。須臾霧捲招搖見。下照滄洲滿芳甸。素卷朝看太乙宮。鶴書晚下披香殿。玉骨乾坤尚可留。丹心日月悲重見。山上白雲晝不封。先生獨立青芙蓉。晚出已愁鼙鼓急。時來不畏旌旗紅。赤車白馬馳山東。乘軺使者來匆匆。願辭玉杖見天子。莫使蒼生望碧空。

(22) 寄密之〔註 178〕

君不見東方仙骨藏嶙峋。金馬門前避世人。又不見鄒枚曳裾事梁王。兔園作賦雄文章。君今一身乃兼此。蓬萊近臣侍朱邸。西山走馬錦障泥。東閣含毫青玉几。英姿歷落真莫當。心如金石雲錦張。俠才不止如樓護。愛士繇來過鄭莊。赤金大扇照方領。待詔承明日未央。朱絃初拂銘珠柱。垂露新書賜筆牀。羨君鵠立當天路。故人往往多徒步。李子不來宋子來。是家英深善毛羽。別時朔風吹布衣。北天鴻鴈

〔註 177〕文本亦收錄於「陳立校本」，卷三，頁 61。「此時艸堂猨鶴呼」作「此時艸堂猬鶴呼」；「會稽以南湘江北」作「會稽以南三湘北」；「鸛書晚下披香殿」作「鶴書晚下披香殿」。

〔註 178〕文本亦收錄於「陳立校本」，卷三，頁 61。

南天飛。若問秋來何所作。日暮荒郊採蕨薇。

（23）長干行贈陽羨陳定生〔註179〕

昔與君結交。乃在長干里。長干女兒顏色變。吾儕三年一相見。頭顱不改鬢髮蒼。羞殺床頭蒯緱劍。丈夫不能南埽黑山北擊胡。托身白筆無賢愚。又不能賣薪行歌出吳市。旁人大笑不知恥。膩顏白帢夾兩肩。低頭裙履諸少年。雖然頗得相慰藉。不情之語如流泉。我今既爾君復然。同愁等歎心可憐。心可憐。爲君舞。君身雖短精神長。必逢國士多慨慷。況聞更有兩兒郎。袖中寶玦珊瑚光。三盃耳熱發長嘯。褰衣射虎登南岡。

（24）送尚木北上兼寄密之〔註180〕

匣中寶劍舊龍文。風胡拂拭光截雲。送君五上長安道。驊騮一躍空其羣。天子臨軒訪治要。金門獻策多同調。就中玉立丰神高。戢戢直視明光艸。方郎緩帶白玉堂。此人意氣今無雙。安得攜持兩傑士。石渠虎觀同昂藏。江東布衣兄若弟。李生落拓無生計。爲言作賦擬相如。抵掌猶論天下事。

（25）寄介生兼祖其北行〔註181〕

大海嵯峨萬斛舟。隨風直渡凌滄洲。我無資糧不可載。遠望雲帆天際流。汝南周生好大度。笑談已折東諸矦。桃李滿蹊未遲暮。明堂華棟須班婁。太平天子開閶闔。鳳閣初宣見英傑。來歲新看杜曲花。暮多遠別平江月。念君顧盼日相親。慕君衣被天下人。當年絳帷最少士。高車駟馬驕陽春。況君領袖諸俊民。一埽黃金臺上塵。長安青天麗白日。雙浮銀闕高麒麟。隴西下士有李雯。短褐狂歌行採薪。乞錢買金鑄鴟夷。鄉里小兒恒閉門。送君不得把君袖。欲逐驊騮身在後。

〔註179〕文本亦收錄於「陳立校本」，卷三，頁62。「丈夫不能南埽黑山北擊胡」作「丈夫不能南掃黑山北擊胡」。

〔註180〕文本亦收錄於「陳立校本」，卷四，頁65。

〔註181〕文本亦收錄於「陳立校本」，卷四，頁65～66。其詩題名爲：〈寄友人兼祖其北行〉。「一埽黃金臺上塵」作「一掃黃金臺上塵」；「明年作歌書錦行」作「明年作歌畫錦行」。

今年作歌驪駒鳴。明年作歌書錦行。

（26）送農父南歸〔註182〕

君爲高堂不得留。予爲高堂不得去。天下萬事如奔濤。遊子出門
安識路。同作長安縫掖人。披懷攬袖心所親。愁來仰望蒼龍闕。終年
誰拂黃金塵。我亦不能朝叩銀臺門。君亦不能夜吐丞相茵。西山逐虜
章不報。東閣上書誰見伸。恨此悠悠不可問。秦關楚甸多遺恨。闕下
無餘季子貂。篋中獨著潛夫論。鴈塞雲昏繞戍樓。高歌易水淚交流。
羨子行藏能自決。短衣雕弧跨紫騮。紫騮踏處黃雲合。萬里河山帶冰
雪。歸去江城聽落梅。歲寒子舍親懷橘。日下李生霜薄衣。出門無馬
食苦饑。誰能短褐無同調。日暮燕山送落暉。

——文本摘自清・李雯撰，四庫禁燬書叢刊編纂委員會：《蓼齋集四十七卷・
後集五卷》（北京：北京出版社，1997 年 6 月，《四庫禁燬書叢刊》清順
治十四年石維崑刻本），第 111 冊，集部，頁 355～362。

《蓼齋集・卷十八・七言古風（四）》

1. 贈答三

（1）堂上歌贈江右鄧左之太夫人七十壽

黃鵠飛兮豫章山。先蜚龍兮駿廻鸞。爥流珠兮光激丹。雲之下兮
來無端。雜珮交兮聲珊珊。掩朱葩兮歌步玄。吹石藍兮隨風旋。琳之
腴兮承玉盤。霞之實兮沐以蘭。心眇眇兮雲林彈。徹蕙音兮送微言。
奉阿母兮藥一丸。有美子兮心所懽。玉爲榮兮珠爲泉。種琅玕兮逢豐
年。靈根固兮隆積天。中遺忘兮神溢顏。啟晨景兮乘綠軒。河伯鯉兮
玉女絃。福翔飈兮如雲湍。

（2）夜集鹽官許氏齋聽計五陵談邊塞及神仙事

寒林栗烈季冬節。朔風欲吹未吹雪。故人清酒圍紅爐。肝膽如傾

〔註182〕文本亦收錄於「陳立校本」，卷四，頁 66～67。「予爲高堂不得去」
作「余爲高堂不得去」。

向樽熱。中有耆老氣不衰。白頭自號五陵兒。少年再行渡鴨綠。長征十年寢胡如。此時遼陽全盛時。蓮花幕下蘆管吹。將軍醉臥蚤氊上。月出天山寒不知。金錢半入都護府。貂珠日走薊門路。一朝嫚書不可裁。李氏功名草中仆。紛紛仗鈸無雄才。獻策不行歸去來。黃金寶劍贈壯士。口誦靈文思蓬萊。蓬萊可望不可即。精心常遇羽衣客。彷彿如聞丹訣吟。青童霞君匿不得。是言浩蕩非人間。意中奕奕生羽翰。由來仙俠本一途。令人慷慨思其端。男兒生不封萬里。安能徒向草中死。少伯湖上稱鴟夷。子房自隨赤松子。才大心奇世莫同。仙人豈必浮丘公。古來學道多英雄。余心滔滔何所從。

（3）壽鹽官許氏母

藍沙如烟海水碧。青鸞啷珮當風立。雲中銀榜照三山。波上瑤臺隱層壁。中有真人秋玉姿。修蛾常綠陪靈妃。人間絡秀安足擬。天上赤斧是其兒。憶昔殷勤事君子。石鏡秋風楚雲裏。鸞圖截繡作征衣。寶髻分釵養戰士。芳名豈獨秀蘭房。異節還應記紫囊。頗聞空洞靈章籙。赤玉丹書成數行。白雹吟風春雨急。桃花破浪紅鱗濕。作膾君家瑪瑙盤。年年萱草生顏色。

（4）過陽羨弔盧司馬〔註183〕

自從虜寇多倉卒。尚書血戰推第一。南破黃巾北破胡。雲中上谷生顏色。躍馬高吟出塞詩。彎弓仰射雙鵰翼。猛氣常先帳下士。追風直突黃金戟。東師醉臥賣盧龍。尚書墨縗馳朔風。蓮幕虛開都護府。客軍十萬如飛蓬。是時駛騆暗大東。北軍中尉來匆匆。分兵督戰何太酷。大呼瞑目臨霜鋒。白馬義從同日死。胡兒辟易猶囓指。衲服三千誰得知。猶有麻衣辨書字。白幡招魂部曲愁。歸來藁葬無松楸。聖朝豈有中山謗。海內如憐新息侯。近聞天子思猛士。撫髀頗牧多生氣。羽林孤兒誰最長。悲啼日望黃麻至。

〔註183〕文本亦收錄於「陳立校本」，卷四，頁70。「南破黃巾北破胡」作「南破黃巾北備胡」；「彎弓仰射雙鵰翼」作「彎弓仰射霜鵰翼」；「猛氣常先帳下士」作「猛氣嘗先帳下士」。

2. 雜詠

（1）春晴曲

流鶯早起喚芳樹。天絲網織珠塵路。高花如幢吐細光。金犢流蘇繞香霧。雪衣午夢瓊漏長。雀扇誤觸銀琅璫。蜂吟蝶思不可耐。紫羅繡袖當春楊。碧樓小試大垂手。吳姬拂巾妒楊柳。霏靡步幛圍春風。玉局彈棊賭金蟲。擷蘭紉蕙梨花暮。無端惆悵羅衾紅。

（2）春雨曲

濕雨不捲天東西。冷落啼紅相對迷。遊蜂不語黃鸝坐。青郊十日無馬蹄。金塘鯉魚飛清晝。烟黛如愁愁不羈。菖蒲花落石錢紫。碧潭老蛟眠欲起。瑤姬曳波訪湘君。蕙光蘭澤化春水。雨絲織霧春茫茫。羅衣攀條濕翠香。鴻飛鷺浴兩不識。朱樓芳草怨相望。

（3）題端陽圖為家君壽

《端陽圖》。吳門潘道遠所畫也。家君于是月。距其生時。甲子一週。山中草木亦復盈盛。故潘君爲作此圖相壽。觀其命物有意。采色蒼妍。洵是近代好手。家君顧而樂之。急呼雯曰：「兒爲我作歌。老子進一觴焉。」雯聞古人。有以衣斑弄雛爲戲者。子之事親。蓋無常道。親之所好。則必出之。雯之爲是歌也。其亦斑雛之具耶。賓客以爲然。乃援筆而成之。

夏雲蘢葰橫雲山。我家夫子清且閑。草堂晝長對青壁。海榴射日莢葵鮮。鄉里乘舟競擊鼓。山中把酒日當午。黃鳥猶鳴百草頭。清蟬徐引芙蓉渚。紫蘭白艾相對明。菖蒲切切朱絲繩。誰能指此作圖畫。用筆遠到曹不興。蜂飛燕語爲惆悵。轉翅叵晬盡相向。只謂移來玄圃中。那知更在屏風上。丹青能令物候新。採藥踏草山中人。竹枝自拂青玉案。桐花欲落華陽巾。買山種得碧桃實。年年長大餐瓊液。衞生不用辟兵符。掃室看國弄長日。

（4）五日作

憶昔屈原沉湘水。怨重波深招不起。綵絲繫黍龍畫舟。此道今人以爲戲。江南五日挿榴花。榴花灼灼紅吐霞。錦帆繡幙照江水。羅裳

翠袖相交加。酒如建瓴船如馬。中流更調歌舞者。草昏雲滿聲不飛。
鼉鼓逢逢波上寫。別有美人持小弓。結朋射粉金盤中。螢丸艾虎條達
絲。守宮食砂鱗甲紅。琉璃缾瀉琥珀鍾。蘭湯撤浴香融融。搖持輕容
五明扇。流風激楚清芙蓉。芙蓉不生養蘆荻。菖蒲如劍不可擊。此日
獨有傷心人。暮守荒園嘆愁寂。

（5）八月十五夜燒香曲〔註184〕

金閨秋淨天如水。桂花坐落凉風裏。東墻明月吐銀蟾。繡戶鸞屏
臨夜起。翡翠缾高金博山。隔窗雲母香盤盤。細劈犀紋憐素手。斜分
麝月弄青烟。憑將桂火沉沉力。吹散行雲裊空碧。各陳密意對秋風。
共展芳襟禮瑤席。江南畫閣復重重。欲捲珠簾怨不逢。莫愁堂上無消
息。幾度香銷明月中。

（6）鴛湖曲

鴛湖碧水寒如玉。畫閣明簾向城曲。城頭萬堞波底明。城下千門
漾空綠。花漿輕橈相鬬飛。川光杳蕩搖霏微。天雞雲中張錦翼。芙蓉
露下披紅衣。此中雲物亦無數。朱門築斷凌波路。豈聞金管隨清風。
時見荒臺滿凉霧。季冬桑野無飛葉。蘆根雁翅相切切。此鄉游女不浣
紗。玉梭手凍冰絲絕。明年二月桑如麻。湖上女兒顏勝花。十三攜出
青絲籠。影落湖中生彩霞。

（7）鑑湖歌

會稽城南雲水鄉。綠波搖曳青山長。石帆不動烟艇外。絲竹無聲
蘭杜香。庭中羣嶺都青蔚。倒寫平湖澹光翠。夜懸明月照晴谿。朝剪
輕雲被沙汭。聞道山陰在鏡中。明妝秀服對芳叢。浣紗日暮不歸去。
貪看荷花著水紅。

（8）商山觀魚歌

大魚本是琴高識。東海任公釣不得。傳聞來自風雨秋。魚眼開張

〔註184〕文本亦收錄於「陳立校本」，卷三，頁50。「東墻明月吐銀蟾」作「東
　　　　墻雲葉吐銀蟾」；「憑將桂火沉沉力」作「憑將桂火沉沉力」；「各陳
　　　　密意對秋風」作「各存密意對秋風」。

如人眸。金星隱曜穹窿背。一尺長鬐水上浮。古來變化不可測。蛟螭
失勢如蜥蜴。雲雷不下千斛泉。百年神物摧石骨。死後空聞葬黃腸。
子孫亦復遺池塘。顏色猶誇是龍種。石翠桃花兼赭黃。雖然已作眼中
物。怒鱗冠鼻相森張。我來觀魚當清夏。藍溪滔滔向身瀉。非不相聞
咫尺間。一高深水不得借。吁嗟龍子何數奇。聚頭戢戢徒爾為。天下
波濤江海濶。神姿跼躋非時宜。安知陽鱎不相笑。亦有飛鯨向爾悲。
身無大力挽豐隆。魚服相看只淚垂。

（9）楠樹行

大江之南少楠木。白岳山中玄都壇。一株迥立倚雲外。森撐巨石
天門端。玉妃金母曾愛惜。人間赤灰不得殘。厚葉香林珍珮鳴。鐵根
紫石青牛眠。憶昔至尊真武身。更啓玄宮拜玉宸。雲幡南向九龍輦。
此樹幢幢若有神。至今今上經六帝。蒼枝一一趨彤陛。有時偶闕冰雪
姿。玄冥使者回光翠。〔此木枯而復榮〕玉甲脩蛇月出時。隱隱高柯動精異。
況聞又有金蝦蟆。朱瞳三足吹蒸霞。此物相傳亦仙去。今有洞穴遺丹
砂。托根幸與神靈會。細草微蟲皆意氣。君不見豫章磊落不凡材。獨
守空山自憔悴。

（10）隋堤行寄題廣陵鄭超宗園亭〔註185〕

君不見隋家宮殿臨江氾。柳色千門炤江水。春草宮中瑟瑟多。
鬥雞臺下香風起。輦道凝笳翠袖廻。紅妝映日垂楊裏。誰言此地屬
繁華。鳳舸龍帆捲暮霞。當年蓮唱沉江月。千歲春風吹柳花。隋家
楊柳君不見。別有青青照人面。小開池舘近迷樓。復植江花隣月觀。
月觀迷樓安在哉。請君薄暮登高臺。蕪城畫角猶平舫。邘水清歌共
落梅。嘗在江南望江北。欲問觀濤廣陵客。幾度思登揚子橋。參差
未識江都宅。聞君早晚賦閒居。徂暑迎春奉板輿。百尺高樓宮柳岸。
月明更釣海陵魚。

〔註185〕 文本亦收錄於「陳立校本」，卷三，頁52。「幾度思登揚子橋」作「幾
度思登楊子橋」。

（11）高梁橋行〔註186〕

高梁橋水揚素波。流光回曲春風多。垂楊遠幕碧天際。紅樓高影彈雲和。織文錕鋙金叵羅。五陵豪貴相經過。美人半面隔秋水。道上徒看紅錦靴。寶馬連錢映芳草。健兒聳身若飛鳥。一箭斜穿楊柳枝。回頭不覺金樽倒。畫舫龍舟不記年。長堤御路臨清渺。西山花落流水香。風吹拂面開懷抱。烟景何如九曲池。惜無羽觴流參差。此地清明兼上巳。金人捧劍來何遲。但聞北客胡馬辭。不唱江南楊叛兒。孫公長詠王公醉。競騎小馬當風馳。當風忽入紅塵去。幢幢遠見青松樹。極樂寺前下馬看。頑如青銅蒼龍顏。我欲長眠臥其上。咫尺如在浮雲間。不可得。還歸來。臨岐忽憶行吟處。山上碧桃花正開。

（12）韋氏庄看海棠〔註187〕

京師奇樹誰最葩。韋家亭子堆紅霞。千條萬葉香欲動。赤闌映射相交加。滿堂生色不可說。葳蕤羽帳雲錦車。憶昔武皇盛歡燕。常侍豪華人所羨。別墅時供少府錢。至尊為起金輪殿。競言托業在青蓮。彷彿中庭雙樹見。百年世事屢變更。森長繁英對深院。三春行樂費公侯。中郎謁者大長秋。幾度香銷歌舞處。不隨零落歸山丘。自從胡塵暗薊州。遂使香積屯貔貅。尚有春風動枝葉。游子對之生百憂。下馬攀枝亂芳緒。籍籍鱗鱗紅粉墮。醉倒誰傾白玉瓶。興來欲折珊瑚樹。春色憑將兩袖攜。鷦鴣飛急催雨師。插花帶雨晚歸去。笑殺長安馬上兒。

（13）毛晉旭招遊南岳山吳氏園亭〔註188〕

吳家亭子南岳山。長林脩竹風珊珊。不逢毛子佳興發。安能策足烟蘿間。一谿已度廻層巒。半壑空翠延松關。朱實離披碧澗水。白衣

〔註186〕　文本亦收錄於「陳立校本」，卷三，頁50～51。「烟景何如九曲池」作「烟景何殊九曲池」。

〔註187〕　文本亦收錄於「陳立校本」，卷三，頁51。其詩題名為：〈韋氏庄看海棠歌〉。「赤闌映射相交加」作「赤欄映射相交加」；「遂使香積屯貔貅」作「遂使香積屯羆貅」。

〔註188〕　文本亦收錄於「陳立校本」，卷三，頁51。「一谿已度廻層巒」作「一溪已度廻層巒」；「竹中對酒忘清晝」作「中林對酒忘清晝」。

隱曜青琅玕。竹中對酒忘清畫。鳴珮虛泉下巖竇。咫尺如聞若士吟。
逍遙欲把洪厓袖。蒼苔細路行人稀。樵子高歌啼竹雞。此生每作窮途
哭。猶恨雲中未拂衣。

（14）池上寒同集宗遠園亭限如字〔註189〕

高天流寒雲不舒。秋娥浴藻臨清除。鬱盤烟路巖中疎。上有高木
涼以魚。皓鶴偃〔註190〕蹇影上居。欲鳴其寒步爲除。披衣拂袖霜有
餘。星漢離離愁照余。仙人不下青玉書。瓊瑰在懷將安如。終筵坐起
攬客裾。飲酒極樂悲來初。

（15）高堂行〔時亦大招飲觀儲氏家伎〕〔註191〕

高堂美人夜擊鼓。公子開筵借歌舞。石家絲管朝朝新。金屛羅坐
娛眾賓。銀缸寶馣香沉沉。如烟如霧陳錦茵。先歌陽阿變淥水。珠簾
漫捲羅袖人。重見明妃塞外春。琵琶明月愁□塵。滿堂賓客盡惆悵。
須臾別整梨花仗。沉香亭北奏清平。催花羯鼓華鐙亮。二八迭陳體舞
疲。不聞風雨鳴天雞。前有遺簪後墮珥。淳于一石不能止。明朝更拂
舊綈袍。扁舟波浪心忉忉。

（16）彷彿行

余少聞小青之事。傷其哀麗矣。今年秋。同郡好事者。爲青作傳
奇。劇于其宅。召余觀之。事旣絕賞。情又凄異。而體是曲旨神態彷
彿者。實吳郡女郎青來也。小青怨才深秀。單思激哀。雖古之才婦何
以加。乃其人去。今亦數年矣。涼草冷風。化其妙質。昔之所哭。今
已爲歌。而是女郎持容。適曲悲引內發。意響所赴。形魂俱至。豈非
有深傷之情者耶。神仙家言：情深之士。不得聞道。類以天喪。小青

〔註189〕 文本亦收錄於「壬申合稿」，卷之九，頁 658。「鬱盤烟路巖中疎」
作「鬱盤煙路巖中疎」。

〔註190〕 原文爲異體字。以下皆是。

〔註191〕 文本亦收錄於「陳立校本」，卷四，頁65。「銀缸寶馣香沉沉」作「銀
缸寶馣香沉沆」；「先歌陽阿變淥水」作「先歌陽阿變綠水」；「珠簾
漫捲羅袖人」作「珠簾慢捲羅袖人」；「琵琶明月愁□塵」作「琵琶
明月愁胡塵」。

由此死也。乃或泝神清響之外。結意影似之內。亦自愧非達流矣。宣
托所慨。聊作此行。

　　天下佳人不易得。小青之墓徒青青。生時豔逸人不知。死後空名
傷娉婷。雲容綺思安可見。吳闔才人馳目成。滿堂歛容靜不語。清唱
獨發如哀箏。寡鶴夜叫山竹冷。幽蘭落露泫淺清。切如悲螢鳴素琴。
商絲將斷不可聽。絕如秋風振哀玉。芙蓉欲墮難為形。四座舉袂盡惆
悵。白日為涼蟬不鳴。憶昔小青信仙侶。任魄悲魂天不許。清姿下邁
失所儔。有骨更作西陵土。西陵之土松栢脩。石泉雨滑啼斑鳩。沉顏
杳冥不可問。忽來堂上生麗愁。當年美人恨不遇。故托遺容垂絹素。
豈知一曲寫最眞。蛺蝶飛來錢塘路。

（17）聽新鶯曲

　　正月春思蕩無屬。青樓曉夢寒不續。無愁無怨是流鶯。未見東風
弄春曲。一聲高動綺臆外。細語綿綿又粉碎。半解秦箏似未能。欲學
吳歌羞作態。芙蓉帳外月正明。流妍咽豔春風情。只應先入鴛鴦殿。
當知不到白龍城。白龍城下春不早。平樂舘中換春草。未見韓彧金憚
多。且啄花鈿鑄陽好。矯聲獨出楊柳枝。紫燕黃鸝俱不知。鶯闈錦瑟
無心調。此日新聽空淚垂。

（18）梁上燕

　　梁上燕。翩翩見羽儀。夜宿昭陽殿。朝飛太液池。金明枝上三春
色。弄影含風誰不惜。莫啄青蠅點御衣。玉階朱戶關重扉。

（19）陌上柳

　　陌上柳。陰陰只自垂。紫騮躞花去。黃鳥颺春歸。萬縷千條無限
意。莫教擾亂東風事。飛花著水水不知。零落江南春暮時。

（20）古藤歌

　　崑山古藤暗清晝。披離不落春風後。濕霧裁為倒鳳帔。堆霞捲作
聯枝繡。吹蕚飛英淡素愁。杜宇欲來風脩脩。朱樓麗瓦涼無數。慘紫
流蘇香不收。山頭落月唧四壁。葳蕤雨中風吹石。纏綿宜上青陵臺。
幽魄當歸帝子宅。何來傴僂空山中。青城雲崿當晴空。丹蛇朝宿翠羽

叫。白鳳夜下靈旗紅。山中青丘古馳道。陸機祠上多荒草。千載英靈不自持。此藤何由滿懷抱。傷心獨我看花人。擷蓝餐香春復春。臨風作歌鐫金石。爾藤無嘆空嶙峋。

（21）薔薇篇

長條不作意。蟠蟠高下宜。春風三月嬾無度。當階獨發半茸姿。鬬鴨闌邊褰幕出。藏鶯樹下遊蜂窺。朝晃麗日嬌無節。綠繡髮鬟勝綰結。蠻錦炫燿香霏微。翠羽捎花紅帖帖。江南美人顏如花。愛此芳香襲素紗。採之金盤擣玉杵。貯以瑤甕若流霞。塗肌沐髮生華澤。長得君王回小車。寵極翻思妬顏色。一朝剪伐如荊棘。幽紅怨綠語芳叢。百草聞之皆嘆息。

（22）傷桐樹行

荒丘老樹稱梧桐。華條高逸張雲容。朱陽熠赫五六月。清陰獨秀披玄風。我昔總角遊其下。十年淹落相依者。雲濤滿天龍鬼愁。須臾拔去如捽杞。高材磊落世莫知。一朝辭我無音徽。涓子鍾期覓不作。雖有中理誰能彼。凡材卑柯此何限。直上亭亭渺清漢。朱華玉質傾頹波。飛鳥求枝夜鳴喚。

（23）親黨周翁飾廢瓶置几案為珍索詩于余聊為酬意

貯水豈必瑠璃盤。承漿不待瑪瑙甕。不見君家敗瓦瓶。一朝洗拂爲人用。此物云從東越來。霞紋玉質光徘徊。空山衲子不敢愛。投向朱門門未開。須臾脫落成一擲。寶物有瑕人不惜。幾歲莓苔龍象間。時來脛翼高人室。磨礲自是再造功。香檀爲藉緣青銅。傲然直出几案上。花枝婀娜當屏風。物或賞音號知己。柯亭刻竹焦桐尾。莊生達化無成虧。無用之用今若此。此事何須金石詞。不榮不辱心相怡。子雲未老亦慢世。滑稽猶復頌鴟夷。

——文本摘自清・李雯撰，四庫禁燬書叢刊編纂委員會：《蓼齋集四十七卷・後集五卷》（北京：北京出版社，1997 年 6 月，《四庫禁燬書叢刊》清順治十四年石維崑刻本），第 111 冊，集部，頁 363～370。